Agnes Ravatn • Ein kleines Buch vom Leben auf dem Land

AGNES RAVATN

Ein kleines Buch vom Leben auf dem Land

Aus dem Norwegischen
von Julia Gschwilm

btb

»Ich dichte nicht für das Volk.
Ich bin das Volk.
Das Volk sind so viele,
und in meinem Fall
bin ich es.«

EINAR ØKLAND

Der Mond über Valestrand

Gestern bin ich mit den ersten Kisten hergefahren. Habe ein provisorisches Schlafzimmer im Speicher eingerichtet und unsere Kleidung in alten, abgeschabten Kommoden verstaut. Kurz darauf, als J in seinem Kinderwagen unter dem großen Baum eingeschlafen war, stand ich mit einem Rechen in der Hand und einem albernen Strohhut auf dem Kopf im Garten. Frisch gemähtes Gras lag in kleinen, verfilzten Haufen um mich herum, drei Adler kreisten hoch über uns, und ich dachte: *Was hast du dir eigentlich dabei gedacht?*

Wir werden für ein halbes Jahr auf dem leerstehenden kleinen Bauernhof meiner Schwiegerfamilie leben.

Warum, das wissen wir selbst nicht so recht. Wir hatten von anderen gehört, die während der Elternzeit nach New York, Buenos Aires, Bangkok zogen. Als unser Sohn gerade geboren war, diskutierten wir darüber, wo wir hinziehen sollten. London? Paris? Bis wir beide riefen: »Valestrand?!«

Diesen Traum hatten wir von Zeit zu Zeit immer mal wieder gehabt: der Zivilisation den Rücken kehren und aufs Land ziehen. Ich wegen einer klischeehaften Vorstellung, der Wegzug aus der Stadt würde automatisch »Ruhe zum Schreiben« bedeuten. Wittgenstein hatte seine Hütte in Skjolden, C. G. Jung seinen Turm in Bollingen, Montaigne seinen Turm im Périgord – und ich mein altes Bauernhaus in Valestrand. Mein Lebensgefährte, weil sein Vater auf diesem Hof aufgewachsen war, der nunmehr seit zwanzig Jahren leer stand und an dem keiner aus der Familie Interesse hatte. Wir auch nicht, bislang, aber man könnte es ja mal ausprobieren, oder?

Warum jetzt aus Oslo weg, nach fast zehn Jahren? Davor hatte es uns nach Bergen verschlagen, wie die meisten anderen, die dort studiert und ihre ersten Jobs gefunden hatten. Etwas anderes als die Stadt war eigentlich nie in Frage gekommen, und jetzt saßen wir in unserer hart erkämpften Wohnung fest, mit unseren jeweiligen Arbeitsplätzen im Zentrum von Oslo, unseren guten Freunden und unserem im Großen und Ganzen sehr angenehmen Leben. Aber plötzlich auch mit diesem halben Jahr Elternzeit, um etwas anderes auszuprobieren, näher an den Großeltern zu sein, zu sehen, wie wir in einem völlig anderen Ökosystem zurechtkämen.

Valestrand liegt ganz im Norden des Landkreises Sveio, ganz im Süden von Hordaland, und besteht aus Valevåg und Tittelsnes, zur großen Verwirrung aller Beteiligten. Sind Valevåg und Tittelsnes zwei Gemeinden im Ballungsraum Valestrand, oder sind es zwei Ballungsräume in der Gemeinde Valestrand? Ist Tittelsnes ein Teil des Ballungsraums Valevåg, so wie es bei Wikipedia steht, und ist Valevåg ein Ballungsraum südlich der Gemeinde Valestrand, wie es auch bei Wikipedia steht?! Am besten, man denkt gar nicht darüber nach. Fakt ist, dass hier insgesamt ungefähr siebenhundert Einwohner leben.

Wir haben uns dafür entschieden, allen zu sagen, dass wir in Valevåg wohnen. Hier liegt Valenheimen, die Schweizervilla, in der Fartein Valen sein ganzes Erwachsenenleben lang gewohnt und komponiert hat. Die Extrem-Metal-Band Enslaved kam von hier. Hier gibt es einen Cholerafriedhof, einen stillgelegten Fähranleger, eine Baumschule und einen Hof aus dem 16. Jahrhundert mit siebzehn denkmalgeschützten Bauten, auf dem das erste Fahrrad des Landes zusammengeschraubt wurde.

Der Hof, auf dem wir wohnen, gehört der Großmutter von H, meinem Lebensgefährten, aber sie wird bald sechsundneunzig und wohnt schon seit zwanzig Jahren im örtlichen Pflegeheim. Mein Schwiegervater und sein Bruder haben die verlassenen Gebäude über die vielen Jahre hinweg instand gehalten. Wir haben es mit einem leeren weißen Haus aus den 1880er Jahren zu tun, einem roten Schuppen und einer Werkstatt sowie mit vielen Tausend Quadratmetern Kultur- und Naturland.

Wir haben kein fließendes Wasser, kein Bad und keine Küche, noch nicht, aber wir haben eine kleine Außenküche mit Grill und Spülbecken unter dem Kastanienbaum im Garten, einen Wasserkocher und Feuchttücher für J. Hinter dem Haus gibt es reife Himbeeren. Ein hinkendes Rotkehlchen leistet uns im Garten Gesellschaft. Das Mobilfunknetz ist miserabel. Drinnen werden Wände, Dach und Fußböden fertig, Zimmer für Zimmer. Mein Schwiegervater und sein Bruder sind Tag und Nacht im Einsatz, um das Haus bewohnbar zu machen. Die Küche liegt in flach verpackten Stapeln bereit, morgen kommt der Elektriker. Der Vater eines Freundes war hier, um die Rohre zu verlegen.

Es ist Mittsommer. Hs Elternzeit beginnt morgen, und ich werde schreiben. Kurz nach Neujahr geht es zurück in die Wohnung in Oslo.

Südlich von unserem Haus verläuft eine schmale Landstraße mit Weideland auf beiden Seiten. Nach hundert Metern stößt man auf einen überwachsenen Pfad in ein kleines Waldstück. Man kommt zu einem Gatter. Der Weg auf der anderen Seite des Gatters ist weich von grünem Moos. Man geht eine steile Blumenwiese hinauf und steht auf einem Grundstück. Hier wohnen Einar und Liv Marit Økland. Hier ist sein Elternhaus, ehemals weiß, jetzt kirschrot und mit Anbauten, die sich in alle Himmelsrichtungen ausdehnen. Hier ist sein Fischteich, mitten im Garten, der in der Abendsonne glänzt. Hier sind die Obstbäume, Beerensträucher, Steintreppen und Sitzplätze. Die Schieferplatten zwischen den Häusern, die sie in einem Sommer selbst verlegt haben, weil Einar den Gedanken nicht ertragen konnte, Arbeiter auf dem Grundstück zu haben, während er dasitzen und schreiben sollte. Hinter dem Haus sind die Berge, manche knallgrün und manche völlig kahl. Schöne, urzeitähnliche Schafe laufen dort herum, wie schwarze, braune und graue Wollknäuel auf schlanken Beinen vor dem Birkenwäldchen am Horizont.

Wenn man läutet, taucht eine Gestalt in einem der Fenster auf, man hört Pantoffeln über den Boden oder die Treppe hinunterklacken, bevor die Tür aufgerissen wird: »Hoi!« Das ist die üblichste Begrüßung. Man tritt ein in den Flur, und Einar Økland nimmt einem die Jacke ab. Er ist siebenundsiebzig Jahre alt, schlank und normal groß, oft mit kariertem Hemd und Strickjacke bekleidet. Die Hosenfarbe ist unvorhersehbar, mal orange, mal rot, gelb oder blau. Sein Haar ist grau und halblang und von der hohen Stirn nach hinten gestrichen. Trotz seiner schweren Michael-Caine-artigen Augenlider erinnert er an einen Fuchs.

Vom Flur aus geht man durch eine Schiebetür, aber bevor man in den Wohnbereich kommt, stößt man auf seinen Schreibtisch. Er steht links an der Wand nach Osten, mitten im engsten Durchgang des Hauses: Hier führen eine Treppe nach oben und eine nach unten, und hier müssen alle, die ins Haus oder aus dem Haus wollen, vorbei. Das spricht dafür, dass er die Wahrheit sagt, wenn er seine stärkste Karte als Autor ausspielt: Es stört ihn nicht, gestört zu werden.

Auf dem Schreibtisch steht ein iMac, der in regelmäßigen Abständen ein »Plonk!« von sich gibt. Dann liegt eine neue E-Mail im Posteingang. Sie kann von Jan Erik Vold sein, der Hilfe beim Ausfüllen der Steuererklärung braucht, oder von diversen Internetauktionsseiten, die mitteilen, dass neue Kaufobjekte erhältlich sind, die Øklands sorgfältig ausgewählten Suchwörtern »ungewöhnlich«, »ungewöhnliche« und »ungewöhnliches« entsprechen. (»So erwische ich die Idioten, die keine besseren Beschreibungen abgeben können, die, die nicht wissen, was etwas wert ist, aber dennoch in der Lage sind, zu erkennen, dass das Ding irgendwie ungewöhnlich ist«, hat Einar mir erklärt.)

Am Schreibtisch vorbei kommt man in den Wohnbereich. Links stehen in einem hellen Erker ein großer, weißer, ovaler Esstisch und Regale voller Bücher und LPs. Oben auf den Regalen stehen diverse Skulpturen und Einars große Aschenbechersammlung. Weiter hinten ist die Sitzgruppe: selbst geschreinerte Sofas und Lehnstühle, die Liv Marit mit Marimekko-Stoffen bezogen hat, ein alter Jøtul-Ofen, Stapel von Birkenholz aus dem eigenen Wald. Noch mehr Bücherregale mit Skulpturen obendrauf. Kunst, überwiegend graphische Drucke, bedeckt die Wände.

Ich kenne Einar seit zehn Jahren. Weihnachten 2009 war ich zum ersten Mal bei ihm und Liv Marit zu Hause, um ihn für ein Porträt zu seinem siebzigsten Geburtstag im Monat darauf zu interviewen. Da saßen wir bis zum Morgengrauen zusammen und tranken seinen Lieblingsschnaps, Sliwowitz. Seitdem habe ich sie immer besucht, wenn ich in der Nähe war.

Jetzt sitze ich im Marimekko-Sessel und Einar im Ledersessel. Draußen im Garten ist es stockfinster, mit Ausnahme des sporadischen kurzen Aufflackerns einer Taschenlampe. Jeden einzelnen Abend, wenn es dunkel geworden ist, geht Liv Marit mit einer Taschenlampe bewaffnet und mit etwas, das aussieht wie eine Pistole, nach draußen. Dann läuft sie in dem riesigen Garten herum und erschießt alle Schnecken, die sie findet.

Als wir den Mond erahnen können, der dabei ist, hinter den Bergen aufzugehen, beginnt Einar zu erzählen, wie er einmal die Kniescheiben eines Lehrers zertrümmern wollte. Der Lehrer hatte

Einars Sohn im Klassenzimmer an den Haaren vom Stuhl hochgezogen, und kaum hatte Einar davon erfahren, packte er spontan einen Hammer ein und nahm ein Taxi zu dem Lehrer nach Hause, um Blutrache zu üben, wie er es nennt. Auf dem Weg zum Taxi dachte er darüber nach, dass der Lehrer den Rest seines Lebens invalide sein und sowohl sich selbst als auch Einar hassen würde, während Einar im Gefängnis sitzen und wissen würde, dass er das Richtige getan hatte.

Wir werden leider nie erfahren, wie die Literaturgeschichte ausgesehen hätte, wenn der Lehrer an diesem Nachmittag irgendwann in den frühen Achtzigerjahren tatsächlich zu Hause gewesen wäre. Aber das war er nicht, und Einar und sein Hammer mussten unverrichteter Dinge von dannen ziehen.

Das ist also jetzt der Plan: auf dem Land leben, näher am Meer und den Bergen sein, anfangen, die Motorsäge zu benutzen – und Einar besuchen.

Solange man mit sich selbst leben kann

Wir sind jetzt sechs Personen in Regenkleidung, das Durchschnittsalter beträgt sechzig, und wir stehen wie Kindergartenkinder da und starren gebannt in einen Bach. Unser Guide steht auf der anderen Seite und stampft mit schweren Stiefeln am Ufer herum. »Da ist eine!«, entfährt es mir, und die anderen drehen sich blitzschnell um.

Ursprünglich waren wir siebzehn, aber elf sind umgekehrt. Am Cholerafriedhof, dem eigentlichen Ziel der Führung, ist Einar Økland, der Guide, einfach vorbeigerannt. Eifrig schreitet er den steilen Pfad hinauf und verschwindet. Die Autoritätsgläubigsten folgen ihm, während eine große Ausbrechertruppe sich verweigert. »Wir kehren um!«, ruft ihr Wortführer, aber Einar hört nichts, er denkt nur an das, was er uns zeigen will: die Babyflundern.

Die Wendung, die dieser Spaziergang nahm – eine organisierte kleine Wanderung, so richtig mit Annonce in der Lokalzeitung, zum einzigen Cholerafriedhof des Landkreises, mit dem bekannten Autor Einar Økland als Guide und mit all den an seinen Namen geknüpften Erwartungen anschaulicher Schilderungen der grausamen Schicksale unschuldiger Opfer, die dadurch bei den an diesem regnerischen Augusttag Erschienenen ausgelöst worden waren –, liegt ganz auf der Linie seiner Poetik. Der Guide dieses Abends ist bekanntermaßen ein ausgesprochener Gegner von Dramatik, sowohl im Leben als auch in der Literatur, und somit auch im Zusammenhang mit organisierten kleinen Wanderungen. Er will, dass es ihm die ganze Zeit gut geht. Und gut heißt für ihn offenbar gerade, uns einen kleinen Bach zu zeigen, weit, weit vom eigentlichen Ziel des Ausflugs entfernt, einen Bach, in dem neugeborene Flundern leben. Und wenn jemand fest auf den Wall neben dem Bach stampft, kann es sein, dass sie herausschnellen. Da versteht es sich wohl von selbst, dass diese Sensation die Führungsteilnehmer doch bitte wirklich zu interessieren hat.

Aber geht es ihm gut? Und, was mich besonders interessiert, geht es ihm hier gut? Das frage ich ihn, als wir nach dem Ausflug zu ihm nach Hause kommen, unsere Regenkleidung aufgehängt haben und er Wein in die Gläser einschenkt.

Zuvor am selben Tag hatte ich nämlich auf dem Nachbarhof in der Küche gestanden und unruhig nach dem Haken Ausschau gehalten. Denn es musste irgendwo einen Haken geben, einen für das menschliche Auge unsichtbaren Haken. Der Grund dafür war ein Gedanke, der mir durch den Kopf schoss: Ließe es sich vielleicht tatsächlich hier *leben*?

Die Morgensonne hatte während unseres Frühstücks draußen im Garten wunderbar geschienen. Danach hatte ich Brot gebacken und Suppe mit Kräutern und Grünkohl aus dem Garten gekocht und hinterher eine Tarte mit hiesigen Blaubeeren gebacken – ja, das klingt verdammt gewollt, und mir ist klar, dass so eine Beschreibung in einem gedruckten Buch nur die intellektuelle Variante eines Posts in den sozialen Medien ist. Aber wenn sich schon kein Redakteur eines Frauenmagazins hierherbemüht, um eine Lifestyle-Reportage über mich zu schreiben, dann muss ich das eben selbst in die

Hand nehmen. Ich bin übrigens doch stärker, als man meinen sollte, von dem zwanghaften Drang unserer Zeit geprägt, sein Leben um der sozialen Medien willen zu leben, denn als ich eines Nachmittags mit dem Fahrrad ans Wasser fuhr und dabei an all den hübschen kleinen Bauernhäusern vorbeisauste, mit ihren hübschen kleinen Gärten, ihren Rosenbüschen und frisch gemähten Hügeln, dachte ich auf einmal: *Warum in aller Welt wollen sie es so schön haben, wenn sie nicht darüber schreiben oder es zeigen können?*

Während ich also in der Küche stand und mein perfektes ländliches Instagram-ohne-Internet-Dasein auslebte, suchte ich verzweifelt nach dem Haken.

Na ja, bald würde der Herbst dunkel und feucht und garstig daherkommen, aber das wäre ja keine große Überraschung. Wir haben kein Auto und sind ziemlich eingeschränkt, wenn wir irgendwo hinfahren wollen. Aber das wollen wir ja gar nicht. Und es gibt hier in der Gegend vielleicht nur wenige Kinder im Alter unseres Sohnes. Aber das eilt auch nicht. Bis jetzt gibt er sich damit zufrieden, seinem Stoff-Ferkel das Ohr abzukauen.

Allerdings muss ich gestehen, dass mich ab und

zu die Angst streift, »vergessen« zu werden. Jeder weiß, dass man, will man als Künstler halbwegs über die Runden kommen – zumindest wenn das Talent nur so lala ist –, unbedingt ein Teil der Szene sein muss. Auf Partys gehen, Kontakte knüpfen, sich bei Journalisten einschleimen, die einen groß rausbringen wollen, ständig dafür sorgen, seinen Namen warm zu halten. Jetzt, nach dem Umzug aufs Land, bin ich tot. Und diejenigen, die das Glück hatten, mich zu treffen, während ich noch lebte, und die mich mochten, werden sich längst jemand Neuen gesucht haben: den nächsten frischen Wind aus Westnorwegen, mit einem noch schärferen Blick als meinem, jünger, mit schickerer Kleidung und natürlicherer Schminke. Zur Kulturelite zu gehören ist wahrlich kein Zuckerschlecken.

Zurück in Einars Wohnzimmer. Er und Liv Marit und ihre beiden kleinen Kinder sind 1974, nach vierzehn Jahren in der Hauptstadt, aus Oslo weggezogen. Dort war Einar einer von vielen Fischen im riesigen Wasser der *Profil*-Generation, in glücklicher Opposition zu allem Bestehenden, in einer künstlerisch sehr produktiven und inspirierten Zeit (produktiv und inspiriert ist Einar offenbar zu jeder Zeit).

»Was ist das Schlimmste daran, hier zu leben?«, frage ich.

»Wenn ich andere warnen sollte?«

»Ja.«

»Ich habe keine lange Liste. Aber wenn du *Erwartungen* hast –«

»Was denn für welche zum Beispiel?«

»Keine Ahnung. Das Wetter. Oder du erwartest, dass du viele interessante Dorfleute kennenlernst. Oder dass du hier etwas Echteres finden wirst als anderswo.«

»Nein, so was erwarte ich gar nicht!«, rufe ich etwas zu schnell, um zu übertünchen, dass er mit Letzterem voll ins Schwarze getroffen hat.

»Na ja, dann würde ich dich davor warnen, dass du ständig überall Arbeit sehen wirst: dass du hier fegen und dort eine Steinplatte hinlegen solltest, dass es jetzt hier zieht und du dort isolieren müsstest, und –«

»Vielleicht habe ich ja die Erwartung, dass es irgendwie befriedigend ist, mich um solche Sachen zu kümmern.«

»Stimmt, für mich ist das so. Ich triumphiere

über die ganze Welt und die Naturkräfte, wenn ich etwas geschafft habe, denn das hätte keiner gedacht. Aber wenn es zu Mühe und Druck wird –«

»Ich habe Angst, dass genau dann Ziegel vom Dach fallen, wenn ich eine Abgabefrist für einen Text habe.«

»Ja. Denn dann musst du dich um beides kümmern. Du musst sofort aufs Dach klettern. Und du musst die Frist einhalten.«

»Warum seid ihr eigentlich aus Oslo weggezogen?«

»Als Psychologe lautet meine Antwort: Hinter allen Handlungen liegen mehrere Motive. Es ging uns gut, und wir haben uns in der Nachbarschaft wohl gefühlt. Aber dann wurden aus unseren Kindern Schulkinder, und wir wollten keine blökenden Oslo-Kinder. Und wir mussten sie aus ihrem Umfeld herausnehmen, bevor sie anfingen, Freundschaften zu schließen. Und dann haben wir gesehen, dass sich um uns herum alles aufzulösen begann.«

»Inwiefern?«

»Diese ganze MLerei wurde unangenehm.«

»Anmelderei?«

»Nein, ML, die Marxistisch-Leninistische Bewegung! Ich war es leid, als Klassenverräter bezeichnet zu werden, und ich war es leid, zu Weiterbildungskursen in Maoismus eingeladen zu werden. Das war ein starker Beweggrund. Wir haben uns nicht mehr wohl gefühlt. Ich hatte den Eindruck, alles würde sich auflösen.«

»Warum wurdest du nicht so tief in die ML-Bewegung eingesogen wie viele andere deiner Mitstreiter?«

»Ich wollte von niemandem gesteuert werden, und schon gar nicht von Leuten, die dümmer waren als ich selbst. Ich wollte mit Leuten zusammen sein, die sich selbst steuern, und nicht mit Leuten, die einen Auftrag haben oder ganz eigene Absichten verfolgen. Sie dürfen gerne Egoisten sein, aber nicht von einer fremden Macht gesteuert.«

»Und rein politisch betrachtet?«

»Ich habe nicht an das Projekt geglaubt. Ich hatte keinen Drang, andere zu regulieren, ich glaubte an Selbstregulierung. Sie glaubten an das Gegenteil. Dag Solstad hat ihnen gesagt, es sei doch sonnenklar, dass sie sich an Einar gar nicht zu versuchen bräuchten. Das hatte er schon am Tag Null erkannt. Aber es gab genug Idioten, die dachten, sie könnten mich mit ins Boot holen. Von ihm hatte ich bis dahin dasselbe gedacht… Aber ihm gefiel es, extrem vernunftwidrige Standpunkte einzunehmen und mit Argumenten zu untermauern. Das ist seine Paradenummer.«

»Habt ihr es denn nie bereut, dass ihr aus Oslo weggegangen seid?«

»Ich habe keine Lust, etwas zu bereuen. Nicht solche Dinge. In Oslo wäre es mir auch gut gegangen, wenn ich dortgeblieben wäre. Es liegt in der egoistischen Natur der Menschen, sich so gut sie können einzufügen. Aber es gab vieles, was grässlich war, zum Beispiel der Umgangston der Kulturschaffenden.«

»Glaubst du, du hättest andere Dinge geschrieben, wenn du in Oslo wohnen geblieben wärst?«

»Ich kann mir vorstellen, dass ich ein Spötter geworden wäre, der satirische Theatertexte schreibt. Das hätte mir überhaupt nicht gefallen. Denn, meine Güte, es fällt mir so leicht, andere bloßzustellen und lächerlich zu machen. Das liegt daran, dass ich ein Dorfmensch bin. Genau so bin ich erzogen worden.«

»Glaubst du, es schadet meiner ›Karriere‹, wenn ich hierherziehe?«

»Vermutlich ja, aber nicht im negativen Sinn.

Was dagegen wirklich schädlich sein kann, ist, lokal zu werden. Anzufangen, dem lokalen Umfeld zu den lokalen Bedingungen Stoff zu liefern und Gefallen zu tun.«

Er beugt sich vor, um dem folgenden Rat den richtigen Nachdruck zu verleihen: »Sei gerne ein Mitstreiter, aber liefere dem lokalen Umfeld niemals Texte. NIEMALS! Was auch immer, nur keine Texte!«

»Vermisst ihr Oslo manchmal?«

»Manchmal, wenn wir müde und genervt sind, sagen wir uns, wir hätten nie all unsere Kräfte hier verbrauchen sollen. Aber das ist Unsinn. Unsere Kräfte wären sowieso verbraucht worden, egal wo. Wir haben uns dort, wo wir waren, immer zurechtgefunden, weil wir beschäftigt waren, womit wir beschäftigt waren. Und wir sind viel gereist, haben besondere Menschen und besondere Ereignisse erlebt. Wir haben gut gegessen und getrunken und es uns gut gehen lassen, und niemand hat uns zu etwas gezwungen. Und es hat sich entwickelt, wie es sich entwickelt hat. Aber, wenn ich es mir aussuchen dürfte, wäre ich wohl am liebsten ein anonymer Mensch in einer großen Stadt.«

»Ach ja? Wo denn?«

»Nicht in Bergen. In Bergen wäre ich immer nur Gast.«

»Aber wo?«

»Früher habe ich ja immer gesagt, London. Aber heute könnte ich mir nicht mehr vorstellen, dort zu wohnen, so versnobt und reich, wie die Stadt geworden ist. Und im Armenviertel würde ich auch nicht wohnen wollen. Vielleicht in einer großen deutschen Stadt. Das schon eher.«

»In welcher denn?«

»Ich kenne nicht alle deutschen Städte. Ich könnte in Hamburg wohnen. Oder in Berlin. Ich könnte in München wohnen, aber ich habe keine Lust.«

»He he!«

»In Italien zu wohnen, wäre zu blöd. Ich könnte ja niemals mit Italienern zusammen sein.«

»Nein, was sollst du auch dort?«

»Als wir mit den Kindern in Spanien waren, habe ich bemerkt, dass ich in diesem Land nichts zu suchen habe. Ich werde ihre Zeitungen nicht verbessern, ich werde ihre Politiker nicht angreifen, ich werde keine neuen Straßen in der näheren Umgebung bauen lassen oder für oder gegen Ausbaumaßnahmen sein. Ich bin nur Outsider und

Zeuge. Ich werde keine große Weberei in Cadiz aufbauen. Ich habe keine Lust, mich berühmt zu machen, ich habe keinen persönlichen Wunsch, nach oben zu klettern. Dagegen – in Norwegen kann ich ja immer noch glauben, dass es den einen oder anderen gibt, der einen Satz von mir liest und denkt, ›das ist ja gar nicht so dumm‹.«

Er legt eine Denkpause ein.

»Ich bringe das jetzt nur schwer über die Lippen, aber Nietzsche, also, er hat recht.«

»Ja? Womit denn?«

»Mit dem Gegensatz zwischen Freude und Lust. ›Doch alle Lust will Ewigkeit, will tiefe, tiefe Ewigkeit.‹ Wir denken, ›Lust‹ bedeutet Begehren, aber es bedeutet Freude. Ich will, dass es mir immer gut geht. Ich will nichts da drüben – dieser Text soll gut werden, und dieser Kaffee soll gut werden. Das ist eine Art …«

»Hedonismus?«

»Nein. Es bedeutet, sich da wohlzufühlen, wo man ist, mit dem, was man tut. Es ist nicht wichtig, ob da oder dort – es ist wichtig, wer du bist. Manchen geht es nie gut, egal wo sie sind. Während es mir sehr gut gehen kann. Wem es mit sich selbst nicht gut geht, der ist unfrei.«

Sagt der, der kurz davor noch dastand und mit den Stiefeln am Flunderbach herumgestampft ist. In seiner unendlichen Freiheit ist ihm völlig entgangen, dass die Mehrzahl der Teilnehmer gar nicht mehr dabei ist. Aber diejenigen von uns, die noch da sind, starren hoch konzentriert in den seichten Bach. Unter meiner Kapuze denke ich begeistert über Philosophisches nach, wie zum Beispiel: Früher habe ich mich nicht für die Natur interessiert, weil ich mich für das interessiert habe, was wirklich interessant war. Existentiell interessant, auf die eine oder andere Art. Mit einem nahezu unerschütterlichen Vertrauen, dass es irgendeine Philosophie gab, die Antwort auf Fragen hatte, die zu stellen mir noch gar nicht in den Sinn gekommen waren, eine Kraft, die das Leben sehr stark und pulsierend machte, irgendetwas, das laut schreien würde: Hier! Hier! Hier! Aber jetzt bin ich über dreißig und weiß, dass eigentlich nichts wirklich interessant ist. Deshalb habe ich resigniert und interessiere mich jetzt für die Natur. Die Adern in den Blättern, Astwerk, durch das die Sonne scheint. Unglaublich. Schön. Einfach nur ein Vogelbuch durchblättern. Einfach nur das Leben in Ebbe und Flut! Benommen und kribbelig von dieser jähen Wendung in der Wertehierarchie, dieser Wendung hin zum Einfachen und Selbstverständlichen, spüre ich eine starke Verbundenheit mit diesen vier anderen pensionierten Frauen in Regenkleidung, die wie verzaubert in den Bach starren, auf der Suche nach Babyflundern. Endlich habe ich verstanden, was sie schon so lange wissen: Das hier ist das Interessante. Das Echte.

Und jetzt stampft Einar wieder auf, und aus mir bricht es heraus: »Da! Da ist eine Flunder!«

Die anderen stürzen hinzu, alle starren hinunter. Die mit den schicksten Stiefeln wendet sich vom Bach ab und mir zu: »Das ist eine Krabbe.«

Der Steinzeitrausch

Wo soll der Angelausflug anfangen? Im Wald, wo er vor mir herläuft und ununterbrochen redet, ist es völlig unmöglich, mehr als Bruchstücke seines Geplappers aufzuschnappen. Wacholderbüsche stechen mir ins Gesicht, während ich mich beeile, um mithalten zu können. Der alte Traktorweg ist überwachsen, und die Angel, die ich im Schuppen gefunden hatte, mit einer alten, brüchigen Nylonschnur und rostigen Blinkern, verfängt sich in jedem kleinsten Zweig.

Er trägt einen Fischerhut, eine Schwimmweste (»So feige bin ich!«), einen Blaumann mit Hemd und Strickjacke darunter und hohe Stiefel. Nach einer Weile öffnet sich die Landschaft, und wir sehen das Meer. Wir gehen am Ufer entlang und klettern auf einen glatt gespülten Felsen.

»Hier«, sagt er und bleibt stehen. »Ziele auf den

Siggjo.« Er zeigt auf den vulkanischen Berg in der Fjordmündung. Dann macht er den ersten Wurf.

Ich habe seit meiner Kindheit so gut wie nicht mehr geangelt. Ich mache zwei missglückte Würfe, doch beim dritten Versuch stiebt der Blinker schön aufs Meer hinaus – und verschwindet für immer. Ich hatte den Verschluss nicht richtig zugemacht.

Während ich einen neuen Blinker an der Schnur befestige, sehe ich, wie sich Einars Angel weit durchbiegt, und ohne einen Mucks hievt er einen schweren Pollack aus dem Wasser, zieht das Messer, tötet den Fisch und wirft ihn hinter sich auf den Felsen. Meine hemmungslose Freude wird mit einem Schulterzucken quittiert.

Ich bin mit der Angel fertig und ziele von Neuem auf den Siggjo. Ein neuerliches tristes *Plopp.* »Hoi, hoi!«, meldet sich Einar irritiert zu Wort; seine Geduld ist am Ende. »Du hältst sie zu schlaff, der kleine Finger muss dahin, der Zeigefinger da«, weist er mich an. Ich justiere meine Handhaltung nach seinen Instruktionen, und bald sind meine Würfe wesentlich besser.

Bei jedem guten Wurf werfe ich einen Blick zu ihm hinüber, um zu sehen, ob ein anerkennendes Nicken kommt, aber nein, da kommt nichts. Er steht ganz ruhig da und kurbelt einen neuen Pollack an Land. Danach einen großen Dorsch. Zuerst denke ich, dass dieses abgeklärte Einkassieren von lebender Nahrung etwas Manieriertes hat, aber dann begreife ich, dass er ganz einfach vom Glück verwöhnt ist. Es ist keine große Sache für ihn, er macht das schon sein ganzes Leben lang, genau hier zu stehen und die Angel auszuwerfen und seinen eigenen Ratschlägen zu folgen: »Kurble gegen den Strom ein«, »Lass den Blinker ab und zu einen halben Meter absinken, wenn du ihn einholst, dann glaubt der Fisch, du bist verletzt«.

Und plötzlich ruckt es auch bei mir, und ich ziehe ein goldbraunes Wesen zu mir heran, das schon aufgegeben hat und sich widerstandslos an Land zerren lässt.

Ich schaue Einar gut gelaunt an.

»Ja ja«, murmelt er.

Als ich den Schädel des Pollacks mit dem Messer zerquetsche, nach Einars Tötungsmethode, spüre ich eine warme, unerwartete Freude.

»Jetzt gehen wir weiter«, sagt Einar und zieht den Fang durch die Augen auf einen Stahldraht. Er weist den Weg zurück in den Wald, auf einen

Hügel, und bleibt an einem Abhang stehen: »Hier geht's runter.«

Unterhalb des Abhangs sind schöne Felsen. Einar geht voran, klettert den Berg hinunter und hält sich dabei an denselben Wacholderbüschen fest, an denen er sich schon als Kind festgehalten hat.

»Nach oben ist es leichter als nach unten«, will er mich trösten, als ich unelegant den steilen Abhang hinunterrutsche. Dann fischen wir weiter. Er auf seine ausdruckslose, nonchalante Art, ich mit meinem leicht nervigen und definitiv nicht ansteckenden Enthusiasmus.

Doch genau das ändert sich, als ich völlig unbeabsichtigt eine große, zappelnde Makrele einkurble!

»Oha, oha! Ja ja! Na so was!«, gibt der Blaugekleidete von sich, während ich mit verbissener Ruhe das Messer direkt ins Gehirn setze. Einar fängt begeistert an, von irgendwelchen weißen Jacken zu erzählen, die Ludvig Eikaas sich einmal angeschafft hatte, um Makrelenmuster darauf zu malen. Oh, oh, wie schön diese Jacken waren! Jacken mit Makrelenmuster, das Tollste, das Einar Økland sich vorstellen kann.

Nach fünf Pollacks, drei Makrelen und einem Dorsch ist es genug. Einar setzt sich mit einer Banane auf den blank geschliffenen Felsen, checkt seine E-Mails auf dem iPhone und liest laut vor, was zuletzt in seinem Posteingang gelandet ist: »Wildschaf-Newsletter«. Danach nimmt er alle Fische aus, während ich als Beobachterin fungiere. Wir klettern den Berg hinauf und gehen durch den Wald in Richtung Heimat, vorbei an Möwenkadavern und Ameisenhaufen, bis Liv Marit uns entgegenkommt und uns nach Hause fährt.

Die Aufteilung des Fanges lief folgendermaßen ab: Einar und Liv Marit nahmen den Dorsch. Ich bekam alle Pollacks und die Makrelen. Leicht beschämt über die ungleiche Zuweisung brachte ich den Fisch ins Haus und machte mich sofort daran, den Fang bis zur letzten Gräte zu verwerten. Der Pollack wurde zu leckeren Fischfrikadellen verarbeitet und wanderte in den Gefrierschrank. Die Makrelen brieten wir zum Abendessen mit Kartoffeln, Gurkensalat und Rogensoße. Abends kochte ich Fischbrühe aus den Resten des Pollacks, und es wurde, das darf ich wohl sagen, eine unglaublich leckere Suppe daraus, die wir zwei Tage hintereinander aßen.

Nach dieser indianermäßigen Ausnutzung der Ressourcen sprudelte ich über vor lauter wütenden Stimmen in mir, die Dinge sagten wie »Kinder sollten wissen, wo das Essen herkommt!« und »Die Beete dürfen nicht verwildern!«. Am nächsten Tag rührte ich hektisch einen Sauerteigstarter zusammen, und von da an eskalierte es. Ich lebte plötzlich in der Phantasie, nie mehr etwas zu kaufen. Genau: überhaupt nichts mehr. Nie mehr Tiefkühlregal! Nie mehr gespritztes Gemüse! Keinen Cent mehr in die Taschen von gierigen Supermarktkettengiganten, die, würden sie in Entenhausen wohnen, als fette Schweine mit Goldringen an allen Fingern gezeichnet worden wären.

Bald hatte ich mich meilenweit im dunkelsten Selbstversorgerwinkel des Internets verlaufen, in unserem unfassbar langsamen Mobilfunknetz, und sah mein zukünftiges Ich in selbst genähten Hosen aus Baumrinde kopflose Hühner in kochendes Wasser tauchen, um sie dann zu rupfen. Gedanken wie »Warum fließendes Wasser im Haus, wenn man sich im Fluss waschen kann!«, »Warum ein Backofen, wenn man auch draußen Feuer machen kann!« und »Warum zu IKEA fahren, wenn man ein Sofa aus zwei Baumstümpfen und drei dünnen

Baumstämmen bauen kann!« schienen berechtigt. Ich war einen Klick davon entfernt, »Gibt es Windeln aus Birkenrinde?« zu googeln.

Doch bevor ich dazu kam, mein ganzes Vermögen der Umweltpartei zu überschreiben, und sobald sich der erste Steinzeitrausch gelegt hatte, meldete sich wie immer der kleingeistige Pragmatismus zurück. Denn ist es wirklich ein sinnvoller Zeitvertreib, selbst Zucchini zu ziehen, wenn sie im Laden zwölf Kronen kosten? Als ich, immer noch voller Wildnisphantasien, meine kleine Familie tief in den Wald hineinschleppte, dem Kinderwagen zu Schlammbädern verhalf und wir mit einem Pappbecher voll frisch gepflückter Blaubeeren wieder herauskrochen, kamen natürlich Liv Marit und Einar vorbeigefahren und legten eine Vollbremsung ein. »Danke, nein!«, sagten sie, als wir ihnen den Pappbecher mit den Blaubeeren zitternd durch das Autofenster hineinreichten, »wir haben gestern fünfzig Liter gepflückt!«

Fünfzig Liter. Fünfzig Liter Blaubeeren. Während ich, wenn ich eine Blaubeere gepflückt habe, sie nicht esse, sondern lieber aufhebe, weil ich finde, der Aufwand beim Pflücken ist größer als der Gewinn der Geschmacksnerven beim Essen. Wie so oft denke ich, um es mit Kjell Askildsen zu sagen: *Ich bin nicht so, ich bin nicht so.*

Sie sind so. Nicht, dass sie ein Moor hätten, in dem sie Eisenerz abbauen und daraus Messer und Äxte schmieden. Aber jedes Mal, wenn wir bei ihnen sind, servieren sie selbst gebackenes Brot und selbst gemachte Marmelade und eingemachtes Obst, und ich werde nie Einars Begrüßung vergessen, als ich ihn vor vielen Jahren zum ersten Mal angerufen habe: »Hoi hoi, ich koche Chutney!«

Sie haben einen tauchenden Sohn, der sie mit Meeresfrüchten aus aller Welt versorgt. Ein Verwandter kam im Dezember mit schweren Tüten voller Dorsch. Ein anderer Verwandter versorgt sie mit Äpfeln aus Hardanger. Ein dritter kam mit Wild aus der Region. Und ihre Wildschafe schreien sich in ebendiesem Moment heiser, weil die Lämmer gerade von ihren Müttern getrennt worden sind. Sie sollen zu einem freundlichen Schlachter geschickt werden, der versucht, die Tötungen zu einem schönen Erlebnis für die Tiere zu machen, damit das vakuumverpackte Fleisch, das sie danach erhalten, frei von Stresshormonen ist.

Okay, sie sind nicht zu hundert Prozent Selbstversorger, aber sie nutzen auf jeden Fall eine ganze

Menge der Ressourcen in ihrer Umgebung. Und sie sehen dabei so zufrieden aus.

Während ich hier sitze, den Gefrierschrank voller Antibiotikahühnchen und Zuchtfisch. Auf dem Fensterbrett stehen die Kräuter, braun und vertrocknet. Und wie lief es mit dem Sauerteiggebäck? Es wurden schwarze, harte Klumpen, die nicht einmal die unkritischen und allesfressenden Schafe anrühren wollten.

Letztes Jahr habe ich an einem Pilotprojekt des staatlichen Gesundheitsamts teilgenommen, innerhalb dessen ich jede Woche per E-Mail Tipps zur Mentalhygiene bekam. Das Ziel war, Depressionen unter frisch gebackenen Müttern entgegenzuwirken, indem man ihnen diverse Strategien als Rüstzeug mit auf den Weg gab, und viel davon ging in Richtung positives Denken, um es milde auszudrücken. Das ist alles schön und gut, doch der Ratschlag, der sich mir am meisten eingeprägt hat, war: Tu mehr von dem, was du gut kannst, und weniger von dem, was du nicht gut kannst. Also: Verwende deine Zeit nicht darauf, dich mit Dingen abzumühen, die du nicht beherrschst, fang nicht an, Geige zu spielen, wenn du tontaub bist, und verwende nicht Unmengen von Zeit und Ressourcen darauf, dein eigenes Gemüse anzubauen, wenn es dir im Grunde schon schwerfällt, einen Kaktus am Leben zu erhalten. Das Ergebnis wären nur Frustration und das Gefühl, ständig zu kurz zu kommen.

Ich finde, das ist ein großartiger Ratschlag, der nicht notwendigerweise die Freude verdrängen muss, neue Dinge auszuprobieren und eventuell sogar zu meistern. Wie gewöhnlich gibt es einen goldenen Mittelweg. Man muss kein totaler Selbstversorger werden, nur weil man plötzlich auf dem Land wohnt. Ich kann mir fast nichts Schlimmeres vorstellen, als mit vierzig Kilo selbst gezogenen Zucchini dazusitzen, die man aufessen muss, bevor sie verfaulen.

Andererseits – draußen im Garten auf das Unkraut loszugehen, ist ab und zu tatsächlich das, was die Worte zum Fließen bringt. Und lieber Himmel, frisch gebackenes Brot riecht so gut, Sauerteig oder nicht. Und wie großartig, dass es tatsächlich möglich ist, sein eigenes Abendessen aus dem Meer zu ziehen, wenn man gerade Zeit dazu hat.

Wenn ich nächstes Mal in ein Geschäft gehe, kaufe ich eine neue Schnur und drei neue, glänzende Blinker.

Der Riss im Erz

In der Oberstufe hatte ich eine Freundin, die keine Ironie verstand. Es muss sich um eine Art ungefährliche Fehlkopplung im Gehirn gehandelt haben, die bewirkte, dass es ihr schlichtweg nicht möglich war, einen Satz einfach so ins Gegenteil zu verdrehen. Ungefährlich, aber äußerst unpraktisch.

Für den Rest von uns war ein ironischer Umgangston Teil der Werkseinstellungen, und somit bestand ihr Leben darin, ständig wegen jeder Kleinigkeit, die man zu ihr sagte, gekränkt zu sein, bevor ihr jemand erklären konnte, dass es ironisch gemeint war.

Heute muss ich viel an sie denken, als Teilzeit-Rückkehrerin nach Westnorwegen, mit kaum zehn Jahren Ostnorwegen hinter mir. Bisher hatte ich das ständig wiederkehrende Gesellschaftsspiel, die

Unterschiede zwischen den Ost- und Westnorwegern einzukreisen oder Besonderheiten am westnorwegischen im Gegensatz zum ostnorwegischen Humor zu definieren, immer als etwas ermüdend empfunden. Konstruiert und ein bisschen zu spitzfindig, ein Grund, das Abonnement der Zeitschrift *Syn og Segn* neu zu überdenken. Aber seit ich in den Westen zurückgekehrt bin, erscheint mir die Problemstellung auf einmal merkwürdig relevant.

Als wir vor ein paar Tagen bei meiner Schwieger-Großmutter im Pflegeheim waren und eine Pflegerin uns durch die Absperrung lassen sollte, beugte sie sich über den Wagen mit dem Kind, das aussieht wie ein Vollmond mit Mütze, und rief aus: »Nein, oh nein, du bist aber ein armes, schwächliches kleines Ding! Kriegst du nichts zu essen?«, und ohne eine Sekunde nachzudenken, hatte ich schon mit hochrotem Kopf eine Antwort parat: »Doch, doch, er hat vorhin gegessen, gerade eben!« Die Pflegerin bedachte mich mit einem Blick, der besagte: *Was in aller Welt bist du für ein Trottel?* Da begriff ich: Ich bin vollkommen aus dem Training. Ich habe viel zu lange in Ostnorwegen gewohnt.

Wer hätte gedacht, dass Ironie etwas ist, das fleißig geübt und immer wieder praktiziert werden muss, so wie Rasenmähen oder Abwaschen? Ich nicht. Es war ja nicht so, dass ich meine eigene Ironie verloren hätte. Aber ich hatte offenbar die Fähigkeit verloren, zu hoffen oder zu erwarten, dass andere ironisch sein könnten.

In einem schönen Text über den vielleicht oder vielleicht auch nicht existierenden westnorwegischen Humor hat Einar Økland wunderbar beschrieben, wie es ist, hier im Westen in einen Laden zu gehen und zum Beispiel nach einem Regenschirm zu fragen. Man läuft Gefahr, eine der folgenden Antworten zu bekommen:

»Gestern hatten wir noch welche!«

»Wollen Sie ihn aufgespannt, oder soll es ein Geschenk sein?«

»Ja, die Regenschirme stehen da drüben – und die Umkleiden sind hinten links.«

»Na klar, es sind ja bald Ferien!«

»Ja – welche Größe haben Sie?«

»Nein, die Wettervorhersagen sind heutzutage so unzuverlässig, dass wir keine mehr führen.«

»Das hat nichts mit ›Humor‹ zu tun«, schreibt Einar. »Es ist eine ganz alltägliche Situation und der ganz alltägliche Umgangston. So baut man hier Kundenkontakte auf.«

Und das Schlimmste ist: er sagt die Wahrheit, nichts als die Wahrheit. Wenn ich mich selbst aus der Vogelperspektive vor mir sehe, wie ich herumlaufe, die Post hole, im Geschäft bin, auf einem Spaziergang, bei einem Plausch mit dem Nachbarn, dann sehe ich, dass jedes Gespräch in egal welcher Situation Rätsel aufgibt, die man schneller lösen muss, als einen der eigene Schlagschatten einholt. Man muss ständig auf der Hut und der Interpretationsapparat zu jeder Zeit frisch geölt sein.

Ich finde wohl sicher nach einiger Zeit zu meiner alten Form zurück. Aber wie ergeht es den Flüchtlingen, die sich in diese Kakophonie beabsichtigter Fehldeutungen und Parodien und Ironie integrieren sollen? Zuerst soll man die Sprache lernen, und danach lernt man, dass die Sprache, die man gerade gelernt hat, beim Gebrauch ganz andere Deutungen in sich trägt, als die, die man gelernt hat? Ein Tipp für alle Flüchtlinge: Habt eure eigenen Regenschirme dabei!

Und hier kommt mein Bekenntnis, je eher, desto besser: Ich hatte eigentlich gerade erst gelernt, den falschen, freundlichen Oslo-Umgangston wertzuschätzen. Den, der sagt, »Superschön, dich zu sehen!«, wenn du weißt, dass nichts weniger wahr sein könnte, der lächelt und schlaff deine Hand drückt wie eine Bischöfin, und der wirkt, als würde er sich freuen, dass gerade *du* kommst, auf die Party oder in den Laden oder zu dem Treffen.

Anfangs habe ich gegen diese klebrige Freundlichkeit mit ihrem klammen Entgegenkommen protestiert. Wenn jemand sagte »Danke für letztens!«, sagte ich »Bitte schön«, und wenn sie sagten »Wie toll!« oder »Wie spannend!«, sah ich mich verzweifelt nach einem Westnorweger um, mit dem ich im Gleichklang die Augen verdrehen konnte.

Aber nach einiger Zeit verstand ich, dass Oslo eine Stadt ist, in der sehr viele Leute auf beschränktem Raum versammelt sind, und dass es darum geht, die Dinge möglichst gut flutschen zu lassen. Mein verbissener, westnorwegischer Stolz und meine stillen Proteste gegen die Nettigkeitstyrannei waren nichts als Sand im Getriebe. Immer öfter kam es mir in Situationen, in denen ich mich weigerte, mitzuspielen, so vor, als eilte ein Regisseur von der Seite herein und riefe: »Cut! Du da, du Statistin in der Ecke da, es war nicht so gedacht, dass wir dich alle bemerken! Das Ganze bitte noch mal.« Ich übernahm die Regie. Und die Wahrheit ist, dass ich, sobald die Leute nur ausreichend oft »Wie nett!« mit ausreichend vielen Lachgesichtern sagten, irgendwann anfing, es auch ziemlich nett zu finden.

Aber nicht nur das. Im Osten habe ich gelernt, Komplimente zu machen. Natürlich nur, wenn ich es wirklich meine, aber immerhin. Ich sage es laut zu dem, dem das Kompliment gilt, ohne Zittern in der Stimme oder flackernden Blick. Es ist eine sehr einfache Art von praktiziertem Utilitarismus: Derjenige, der das Kompliment bekommt, freut sich, und der, der es macht, freut sich auch. Ein Verwandter hat mir einmal erzählt, dass er gemäß folgender Regel lebt: Wenn ich etwas Gutes über jemanden denke, dann schulde ich es der Person, sie darüber zu informieren – selbstverständlich nur innerhalb der Grenzen des Sinnvollen. Diese Regel habe ich zu übernehmen versucht und dadurch dazu beigetragen, das Glücksniveau in der Stadt und auf dem Land um etliche Stufen anzuheben.

Aber mit dieser Regel über die Berge zu klettern! Himmel, wie viele misstrauische Blickwechsel und Tuscheleien das schon verursacht hat: »Was hat sie gesagt, hast du das mitgekriegt?« oder »Ist sie nicht etwas zu schlecht angezogen, um von den Zeugen Jehovas zu sein?«

»Das war keine Ironie!«, musste ich dann schnell hinterherschieben, quasi als umgekehrtes Echo der Zusatzinformationen für die Freundin in der Oberstufe.

Hier, wo weniger Menschen sich über ein größeres geographisches Gebiet verteilen, ist man nicht so abhängig davon, dass das Miteinander effektiv und nahtlos verläuft. Soll man die lokale Ironievariante dann eher als Stammessprache verstehen, die den Zusammenhalt stärkt und auf drohende Eindringlinge ausgrenzend wirkt? In Einars Westhumor-Analyse heißt es weiter, diese Sprechweise sei »im Gebrauch, wenn es gilt, eigene Persönlichkeit und eigene Gefühle zu verdecken, aber gleichzeitig fungiert [sie] als vitales Kontaktmittel und unterhaltender Einwurf zur Unterbrechung der Langeweile. Sie ist ein phantasieerweiterndes Gehirntraining – und taktvoll friedensstiftend. Der Blick für Fehler und Schadenfreude ist ein grundlegender Bestandteil dieses Umgangstons. Wenn Hiob nicht über sich selbst lacht, wie wir das tun würden, dann lachen zumindest wir über ihn. Die meisten unserer Bemerkungen, Fragen, Andeutungen, Zitate und Imitate entspringen der Freude an der Komik, die dem Missglückten, dem Lächerlichen, dem Fehlerhaften, dem Tragischen oder dem Unglückseligen innewohnt. Ob eigener Schaden oder fremder, läuft auf dasselbe hinaus. Alles wird benutzt.«

Schadenfreude als Gesellschaftsleim – oh, all diese westnorwegischen Paradoxa, mögen sie doch nie enden! Und kann das wirklich stimmen? Vielleicht finden wir die Antwort in dem Artikel »Westnorwegische Identität aus historischer Perspektive« des Historikers Narve Bjørgo, veröffentlicht in dem unumstößlichen dreibändigen Werk *Westnorwegische Geschichte*. Hier wird Aasmund Olavsson Vinje mit etwas Ähnlichem zitiert – der Fähigkeit und dem Willen des Westnorwegers, aus seiner eigenen Tragödie ein schwarzes Lachen hervorzuhusten: »Er [der Westnorweger] muss sich in Berg und Wildnis bei Wind und Wetter vorankämpfen. Dies schärft seine Gedanken, die dadurch stärker auf ihn selbst gemünzt sind. Das wiederum bewirkt, dass er niemals ratlos ist und eine spielerische Neigung (Witz und Humor) entwickelt – und ›Bauernschläue‹.«

Hans E. Kinck, einer von Øklands Lieblingsautoren, wird von Bjørgo als einer der besten Schilderer des Westnorwegers herangezogen: »Scharfe, noch nicht zur vollen Reife gelangte Gegensätze in empfindsamen Gemütern sind seine grundlegende und wiederkehrende Allgemeincharakteristik«, schrieb Bjørgo. »Echte Gefühle und arglistige Haltungen, Pferdehändlerlogik und poetische Schwärmerei, brutale Kraft in scheuen Geistern, das Zarte im Rücksichtslosen – so lautet Kincks Kurzfassung der Westnorweger.«

Sagen wir mal so, es ließe sich auch wie eine Kontaktannonce in der Lokalzeitung lesen.

Das Ganze gipfelt in dem gespaltenen Geisteszustand, der so charakteristisch für die Westnorweger ist und den Kinck den »Riss im Erz« nennt: »Die Fähigkeit zur Liebe wird zu Hass, Handlungsstärke zu Missmut, Menschenhunger zu Menschenangst, Lebensjubel zu Todessehnsucht, Rücksicht zu Raffgier.«

Doch wie man dann in diesem Sammelsurium von gespaltenen Seelen, Doppeldeutigkeit in alle Richtungen, schwarzem Humor und Kuhhandel zurechtkommen soll, weiß keiner.

Meine Freundin aus der Oberstufe, die keine Ironie verstand, ist glücklicherweise ziemlich schnell nach Oslo gezogen. Dort lebt sie heute in großer Harmonie und Zuversicht und versteht alles, was man zu ihr sagt. Und dasselbe tat ich bisher auch, in meinem Komplimente streuenden und Hände schüttelnden Hauptstadtleben. Aber im tiefsten Inneren wusste ich ja die ganze Zeit, dass das nicht ewig währen konnte. Es war gerade ein bisschen zu schön, um wahr zu sein. Und so soll es ja nicht sein.

Um es mit Michael Corleone zu sagen: Just when I thought I was out, they pull me back in.

Die knusprige Oberfläche der Zivilisation

Ich gebe es nur ungern zu, aber schon seit Mitte der 2000er Jahre, der Ära der Foodblogger, wie zukünftige Historiker diesen Zeitraum bezeichnen werden, als es in norwegischen Haushalten zu einem kategorischen Imperativ wurde, Knäckebrot selbst zu backen, erlebe ich Niederlage um Niederlage. Nicht, dass meine Knäckebrote direkt ungenießbar wären, aber sie werden nie besonders gut. Sie kleben am Backpapier fest oder werden zu dick, zu hart und kompakt oder zu grob, zu ungleichmäßig gebacken, oder, was am schlimmsten ist: zäh.

Ich habe alles versucht. Die Masse auf jede erdenkliche Art und mit allen erdenklichen Hilfsmitteln ausgestrichen, die Samen vor der Verwendung in kochendem Wasser eingeweicht, sowohl mit Quellen als auch mit Langzeitgehen experimentiert, Silikonmatten verwendet, den Ofen während des Backens entlüftet, das Backblech gedreht und gewendet. Sogar für ein besonders knuspriges Ergebnis das Wasser durch Mineralwasser ersetzt – nein, das habe ich nicht ausprobiert, ich wollte nur beweisen, ich kenne den Trick, aber er ist unter meiner Würde.

Die Leser, die Knäckebrot nicht selbst backen, und die, die *Allgemeine Literaturwissenschaft* nicht zu ihren Fachgebieten zählen, mögen das trivial finden. Aber man gestatte mir den Hinweis, dass knuspriges, dünnes Knäckebrot in diesem Text nicht nur sich selbst repräsentiert, sondern eher als Bild für das Sein oder Nichtsein der Unterzeichnenden dient, sprich als Gradmesser für ihre Qualitäten als Mutter, Lebensgefährtin und zukünftige Landfrauenvereinsfrau. Es steht also wirklich viel auf dem Spiel.

Und wie der besonders kluge und treue Leser sicher längst begriffen hat: 300 Meter südlich, einen Karrenweg entlang und durch zwei Gatter hindurch, oder Schutz, so habe ich gelernt, nennen »wir« das hier, wird zu jeder Zeit oder Unzeit das leckerste, knusprigste, hauchdünnste, selbst gemachte Knäckebrot serviert, das sogar Trine Sandberg, die Mutter aller Foodblogger, dazu bringen würde, ihren Blog augenblicklich zu löschen, zu ihrer Arbeit als Seniorenratgeberin im Bildungsministerium zurückzukehren und nie wieder einen Blick zurückzuwerfen.

Aber um Einar Økland und seine Kochkünste nicht übermenschlich aussehen zu lassen: Auch er hat sich lange Zeit mit seinem Knäckebrot abgemüht und war sogar nahe daran, das Ganze aufzugeben. Und auch für ihn war das Ausstreichen der Masse auf dem Backblech der große Knackpunkt, wie für so viele andere. Bis er eines Tages endlich die optimale Methode fand und alles anders wurde.

Doch zuerst: die Zutaten. Wir stehen in der weißen Küche, die sie irgendwann in den 80er Jahren in der Bygdøy Allee gekauft und hierher transportiert haben und für die Einar ein Loch in die Wand schlagen musste, damit sie hineinpasste. Er stellt den Ofen auf 160 Grad, Heißluft. »Hier wurde ich geboren«, sagt er mit einem Nicken in Richtung der Herdplatten. »Genau da, wo jetzt der Herd ist, stand das alte Doppelbett meiner Eltern.«

Er holt Küchenwaage und Rührschüssel heraus und öffnet die Schublade mit Mehl und Körnern.

Einar Økland kann einen der hass- oder ekelerfülltesten Gesichtsausdrücke hervorbringen, die ich je gesehen habe. Dieser zeigt sich, wenn er über etwas oder jemanden redet, das oder den er nicht mag. Als er sich jetzt hinunterbeugt und etwas aus der Schublade hochhält, kommt dieser Ausdruck wieder zum Vorschein: Die Augenbrauen formen ein großes V mitten auf der Stirn, und die Augen glühen vor Aversion.

»Dieses Zeug!«, zischt er und hält eine Packung grobe Weizenkleie in die Luft, weit weg von seinem Körper. »Das hat alles verdorben!«

Mir stockt der Atem. Mein Knäckebrot habe ich noch nie ohne eine gute Handvoll Weizenkleie gebacken. Aber Einar berichtet, er habe sie in Knäckebrot gemischt, und es sei misslungen, er habe sie in Brot gemischt, und es sei misslungen, und jetzt habe er eine fast volle Packung, die er nicht loswird. Sie tut nicht gut, und Einar ist nach eigener Aussage ein Hedonist, der immer nur Gutes will. Deshalb stellt er die Weizenkleie geräuschvoll zurück in die Schublade und wiegt stattdessen ganze 200 Gramm dicke, gute Sonnenblumenkerne ab. Und hier kommt das vollständige Rezept:

Einar Øklands Körnerknäckebrot

200 g Sonnenblumenkerne
50 g Sesamsamen
50 g Leinsamen
50 g grob gemahlener Roggen
2 EL Flohsamenschalenpulver
1 TL brauner Zucker
0,5 l kaltes Wasser

All das rührt er rasch zusammen, und dann soll es genau zehn Minuten quellen. Während wir warten, fettet er das Backpapier dünn mit Speiseöl ein. Das ist die erste Offenbarung. Denn jeder Knäckebrotbäcker hat wohl schon erlebt, dass das Backpapier beim Backen so untrennbar am Teig festklebt, dass er in verbissener Verzweiflung, letztendlich aber vergeblich, versuchen musste, das Papier mit einer Pinzette zu entfernen. Mit etwas Speiseöl auf dem Papier sollte dieses Problem gelöst sein.

Die Eieruhr piepst: Die zehn Minuten sind vorbei. Jetzt rührt der Dichter, wie die Dorfleute ihn nennen, kräftig mit einem Esslöffel durch die Masse. Dann gibt er fünf kleinere Löffel Masse auf jedes Blatt – bevor er mit zufriedener Miene die

Provokation hinausschleudert, dass Frauen an dieser Stelle einen großen Batzen der Masse in die Mitte jedes Bogens geklatscht hätten, während er, als Repräsentant aller Männer, es auf diese Art mache. Eine Behauptung, dich mich extrem sauer und schweigsam werden lässt, weil ich meinen Teig immer in einem großen Batzen in die Mitte geklatscht habe. Und dann kommt der Höhepunkt. Aus einer Schublade holt er sein heiß geliebtes Ausstreichwerkzeug: einen Teigschaber! Ich sehe zu meiner großen Freude, dass ich genauso einen zu Hause in der Schublade habe, von Claes Ohlson.

Und damit nicht genug. Hier kommt die dritte große und für mich alles entscheidende Lehre dieses Abends, was das Ausstreichen von Knäckebrot angeht: Wasser. Einar Økland sieht jetzt aus wie ihre Katze, wenn sie im Schoß seiner Frau Liv Marit liegt und gestreichelt wird: Kinn und Wangen heben sich, die Augen werden zu Schlitzen, und die Ohren legen sich nach hinten, als er von dem Paradigmenwechsel erzählt, den die Entdeckung bewirkte, dass sich das Wasser, wenn man es beim Verstreichen auf die Masse gibt, nicht mit ihr vermischt, wie man intuitiv denken würde, sondern auf der Oberfläche verbleibt und dann im Ofen verdampft. Den Teigschaber kann man so ganz einfach über die Masse gleiten lassen, mit leichtem Druck, und der Knäckebrotteig wird glatt und gleichmäßig und so dünn wie der dickste Sonnenblumenkern.

Leicht nervös erhalte ich die Verantwortung für das eine Blech, und dann stehen wir da und streichen jeder seine Masse aus. Wie leicht das geht! Ich tauche den Schaber ins Wasser und streiche und streiche, und es fühlt sich so an, als würde ich eine Ohrenqualle verspachteln.

Doch als wir danach, vor dem Backen, unser jeweiliges Blech in Vierecke teilen sollen und ich (absichtlich) eine andere Form wähle als er und er meine Aufteilung sieht, spüre ich, dass hinter meinem Rücken ein dramatischer, lautloser Kampf stattfindet. Mir fällt eine Anekdote ein, die er an einem anderen Abend erzählt hatte, nämlich, dass er als junger Mann keinerlei Interesse an Sport hatte, aber trotzdem unschlagbar im Weitsprung ohne Anlauf war. »Und weißt du, warum? Weil ich mich viel besser entspannen konnte als die anderen!« Er demonstrierte sitzend, wie er sich tief hinunterbeugen konnte, der Körper ganz schlaff, um dann explosionsartig hochzuschnellen. »Und ich kann bis zum heutigen Tag große Muskelgruppen mit Willenskraft entspannen!« Und jetzt, wo er mitansehen muss, wie ich meine Knäckebrote in Vierecke schneide, und ich einen Blick über meine Schulter werfe, steht sein ganzer Körper massig wie ein Mehlsack auf dem Boden, das Gesicht ist ausdruckslos, die Augenlider hängen schwer hinunter, und ich verstehe, dass er sich mit Willenskraft schlaff macht, um meine Einteilung nicht mit negativen Worten zu kommentieren.

Aber dann schieben wir die Bleche hinein, auf die oberste und die unterste Schiene, und die Uhr wird auf eine Stunde gestellt.

Während das Knäckebrot im Ofen ist, serviert Liv Marit Blaubeeren aus dem Garten mit Vanillesauce, und Einar geht nach unten, um Weißwein zu holen. »Hoi!«, ertönt es gleich von unten. »Kommt und schaut!« Wir laufen die Treppe hinunter. Er steht am Fenster, zeigt auf den Mond. Groß und voll und weiß hängt er da, genau über den Bergen. »Genau deshalb ist es so herrlich, hier zu leben: Es gibt hier kaum Licht, keine einzige Straßenlaterne. Abends ist es stockfinster, aber in meinem ganzen Leben habe ich noch nie einen solchen Sternenhimmel gesehen.« Einar erzählt davon, im Mondlicht Fahrrad zu fahren: Hinter einer Kurve kann es plötzlich völlig schwarz sein, und hinter der nächsten dann auf einmal wieder silberschimmernd hell. Okay, »silberschimmernd« stammt von mir.

Wir sitzen im Wohnzimmer unter dem Mond, und in leichter Freudenhybris, geschaffen von dem guten Wein und dem geglückten Knäckebrotteigausstreichen, hole ich Luft und stelle eine Frage, von der ich weiß, dass er sie total dumm finden wird.

»Aristoteles meint ja, Glück hieße, sein Potenzial auszuschöpfen, aber wie siehst du das?«

»Ich sehe keinen Sinn darin, sein Potenzial in sozialer Deutung auszuschöpfen«, antwortet er brüsk.

»Wie meinst du das?«

»Die Aufmerksamkeit und Anerkennung anderer dafür zu bekommen. Andere dazu zu bringen, zu sagen: ›Da hast du dein Potenzial wirklich ausgeschöpft.‹«

»Nein, nein, das ist klar.«

»Sich selbst zu vergessen, ist immer besser, als sich an sich selbst zu erinnern. Aber Glück … ich könnte mir nie im Leben vorstellen, mit Leuten zusammen zu sein, die keine Veranlagung zur Depression haben.«

»Aber muss man nicht eine kleine Veranlagung zur Depression haben, um eine Veranlagung für Glück zu haben? Muss man nicht das eine kennen, um das andere kennen zu können?«

»Ja, aber Menschen, die die ganze Zeit glücklich sind, sind lästig im Umgang.«

»Aber gibt es die denn überhaupt?«

»Es gibt jedenfalls solche, die so tun.«

»Aber sind sich nicht alle einig darüber, dass diese Menschen einfach nur erbärmlich sind?«

»Doch, doch.«

»Ist Glück denn überhaupt etwas, zu dem du dich irgendwie verhältst?«

»Nein. Nur im Negativen. Ich versuche, Katastrophen und Niederlagen und Schande und Fehltritte zu vermeiden, aber ich glaube nicht daran, dass ›es absolut super wird, wenn ich nur diese eine Sache hinkriege‹.«

»Also gut, aber was ist mit Glück als höchstem Gut, weil es das Einzige ist, das in sich selbst ein Ziel ist und kein Mittel, um etwas anderes zu erreichen?«

»Ja, von mir aus, aber dann lass es mich andersherum ausdrücken: Das höchste Gut habe ich in meinem Leben schon mehrmals erlebt. Oh ja, war das Glück? Vielleicht saß ich völlig leer da, und es ging mir, ohne dass ich es wusste, richtig gut.«

»Du sagst doch immer, wenn du schreibst, würdest du es erleben, irgendwie ›entrückt‹ zu sein. Das hört sich wie der so genannte ›Flow‹ an, der eng mit dem Gefühl von Glück verbunden ist. Und dass du schreibst – und so viel schreibst –, muss doch etwas mit Glück zu tun haben.«

»Na ja, das ist wohl eine Spielart des Hedonismus. Es passiert tatsächlich manchmal, dass ich Dinge lese, die ich geschrieben habe, und denke: Wahnsinn. Habe ich das wirklich geschrieben? Das ist richtig gut. Das heißt nicht, dass ich so unglaublich egozentrisch bin. Ich bin selbstfremd.«

»Was meinst du damit?«

»Meine Ambitionen sind nicht von dieser Welt: Ich bin nicht konkurrenzgeprägt. Ich habe keine anderen Ambitionen als die, dass es mir gut geht. Ich bin Egoist und Hedonist, aber das zeigt sich nicht äußerlich. Ich bin ein Drückeberger. Ich habe mich vor einer Menge Fallgruben gedrückt, weil ich gemacht habe, was ich wollte. Weil ich so rastlos bin.«

»Du bist rastlos?!«

»Na ja, ich gehe ja nicht herum und drehe Däumchen, aber ich setze mich nie mit etwas zur Ruhe.«

»Ich dachte, Liv Marit sei rastlos, während du den ganzen Tag herumsitzen und in Vorsatzpapier blättern kannst.«

»Nein, ich kann plötzlich rausgehen und Brötchen backen und dann zurückkommen. Das könnte ich nicht machen, wenn ich Lektor wäre. Ich bin sehr praktisch veranlagt, aber trotzdem kein Schreiner oder Handwerker.«

»Das Haus ist doch voll von deinen Schreinerarbeiten.«

»Ja, aber ich mache nur etwas, um zu vermeiden, dass es schlimmer wird. Und die Welt ist ein Skandal.«

»Ja, das ist sie wohl.«

»Ich mag es einfach, zwischen Dingen hin- und herzuwechseln. Das heißt nicht, dass ich verwirrt bin. Ich finde, Rezepte für Lebensweisheit sind ein Holzweg. Man findet seine Lösungen, oder die Lösungen finden dich. Rezepte sind wie Trainingsprogramme, ob nun im Sport oder in der Therapie. Wenn du krank genug bist, dann hilft es vielleicht, aber … ich habe Freuds Methode angewandt, wie gesagt, ich bin mein eigener Therapeut.«

»Mir leuchtet ja ein, dass du dafür keinen Termin mit dir selbst vereinbarst, aber wie genau läuft diese Selbsttherapie eigentlich ab?«

»Ich verstehe sie in der Regel erst im Nachhinein. Ich habe nie gesagt: ›Jetzt werde ich etwas mit mir machen‹, sondern einfach gemerkt, dass es mir gut geht, wenn ich mich selbst sortiere. Und der wichtigste Kniff ist, unabhängig von anderen zu sein. Ich war immer ein freiheitlicher Extremist.«

»Inwiefern?«

»Ich will nicht den Erwartungen anderer gerecht werden und keine Verpflichtungen übernehmen, von denen ich weiß, dass ich sie nicht erfüllen werde, sei es ein festes Arbeitsverhältnis oder sonst was. Aber gleichzeitig war ich immer sehr gefestigt in der Arbeit, die ich selbst konstituiert habe. Ich halte, was ich verspreche, aber ich will mich zu nichts verpflichten, was ich nicht mag. ›Das muss man aber oft‹, würden vernünftige Leute sagen, doch ich habe es geschafft, mich davor zu drücken. Und die Ursache dafür ist unter anderem, dass ich mich nicht missraten fühle, wenn ich mich vor etwas drücke. Manche würden das Selbstvertrauen nennen, aber mein Selbst braucht nicht so viel Vertrauen … Ich fühle mich dem, was ich mag, sehr verpflichtet. Freunden und Bekannten. Es macht mir nichts aus, Freunde zu haben, die lächerlich sind oder bei denen etwas nicht stimmt, ich bin mit allem zufrieden. Und umgekehrt: Wenn ich einen Job oder die, mit denen ich arbeite, nicht mag, dann habe ich immer zugesehen, dass ich mich schnell wieder aus dem Staub mache. Und ich habe geographische Lösungen gewählt, anstatt Beschwerdebriefe zu schreiben.«

»Lebst du also deshalb hier?«

»Das kann man so sagen. Viel davon hing mit meiner finanziellen Situation zusammen. Weil ich so arm war, wollte ich niemandem etwas schulden, ich wollte selbst zurechtkommen, arm und nüchtern leben und mein eigenes Geld haben und nicht abhängig von Banken und anderen äußeren Instanzen sein. Ich kann mit wenig auskommen. Ich will niemandem Dank schulden. Das ist etwas neurotisch. Und derjenige, der das erlösende Wort gesprochen hat, war dann Dag Solstad!«

»Das wundert mich nicht.«

»Er hat es ganz beiläufig gesagt – er hatte einen Begriff dafür: ›Endlich mit der ökonomischen Neurose fertigwerden.‹ Mein Gott, genau damit habe ich es zu tun, mit einer ökonomischen Neurose! Davon hatte ich zuvor noch nie gehört, davon hatte mir im Psychologie-Studium niemand etwas erzählt.«

»Ja, er hat wohl selbst eine gehabt.«

»Ja, genau dasselbe Ding, arme Eltern, die bereits tot waren, aber bis wir fünfzig waren, wussten wir nicht, wie ähnlich es bei uns gelaufen war. So was aber auch. Egal. Auf jeden Fall ist man am besten zufrieden, und das in einer Gesellschaft, die dich unzufrieden und schuftend und konkurrierend haben will. Das ist meine größte Rache an der Gesellschaft: Es geht mir gut, ich bin zufrieden. Denn dann hast du sie hereingelegt. Damit hat nämlich niemand gerechnet.«

»Ja, dadurch ist man ziemlich unangreifbar.«

»Aber ich kann kein allgemeingültiges Modell daraus machen. Ich habe nie geglaubt, wenn ich nur dies oder jenes täte, würde mein Leben gut werden. Es gibt viele Resignierte, die sagen, Schmerz zu minimieren, ist das Äußerste, was man tun kann.«

»Epikur meint, es gibt zwei Strategien für Wollust: Die eine ist, sein Verlangen zu erfüllen, die andere, sein Verlangen zu eliminieren, sodass es nicht so viel zu erfüllen gibt.«

»Ich drücke es lieber anders aus. Denn er beschreibt es so, als wären die Menschen immer dieselben und veränderten sich nicht. Ich bin nicht sicher, ob das so ist. Ich glaube eher an frei fließende Moleküle und daran, dass jede Situation die Beziehungen oder Teile neu konstituiert. Genau das sagt man auch über die Struktur des Gehirns: Es gibt keine festen Verbindungen, sondern man kann aus dem Augenblick heraus neue schaffen, egal ob aufgrund von hormonellen oder äußeren katastrophalen Umständen. Niemand läuft mit einem statischen Häkelnetz im Gehirn herum. Andere sagen, dass die Persönlichkeit ein Rollenspektrum ist. Du wählst die Rolle aus, die passt. Das bedeutet nicht, dass du zusammenbrichst oder charakterlos bist, sie ist einfach fließend und veränderlich. Aber es gibt natürlich Rollen, die du nie bekommen kannst. Aber das ist vergebene Liebesmüh. Damit quäle ich mich nicht herum. Trotzdem bin ich mit meinen Ressourcen gut umgegangen, würde ich sagen. Habe sie zu meinem Vorteil und nicht zum Schaden für andere verwendet, auch wenn das leicht hätte passieren können.«

»Welche Ressourcen würdest du hervorheben?«

»He, he, nein, lass gut sein.«

»Komm schon, lob dich ruhig mal selbst.«

»Hm ... ich bin sehr pluralistisch. Und multisensitiv.«

»Und wie verwandelst du das in etwas Positives?«

»Ich sehe viele Dinge gleichzeitig. Ich bin nicht engstirnig. Und das kostet mich nichts. Ich spekuliere nicht lange, ich habe eine sehr schnelle Auffassungsgabe. Das sieht man ja an meinen Texten. Sie sind ein Plädoyer dafür, dass der Mensch aus vielen Teilen zusammengesetzt und veränderlich ist. Das sehe ich ganz generell so. Und ich selbst habe gemerkt, dass ich so bin, ohne dass ich mich darum kümmere. Ich glaube nicht, dass ich jemals meine Form und meinen Stil finden werde. Im Gegenteil, ich bin der Ansicht, dass ich mir meine vielfältigen Anregungen gut bewahren sollte. Irgendwann bin ich deswegen mal mit einem Freund aneinandergeraten, mit Espen Haarvardsholm. ›Einar, du lässt dich viel zu sehr von deinen Einfällen leiten!‹, unterstellte er mir. Aber betrachten wir es doch mal spiegelverkehrt: ›Ich stehe meinen Einfällen sehr kritisch gegenüber‹, erwiderte ich, ›weil ich nur einige wenige davon benutzen werde.‹ Er sagte: ›Aber nimmst du keine Geschenke an, wenn man sie dir direkt in die Hand legt?‹ Tja, er empfand meine Haltung als Zeichen von Schwäche, alles sollte fokussiert und harmonisiert sein. Mir fällt es leicht, viele Interessen zu haben, und ich bin froh, dass ich sie habe, sie machen das Leben abwechslungsreich und unterhaltsam und interessant. Und außerdem glaube ich, ich sehe etwas, das andere nicht sehen. Auch wenn das vielleicht Einbildung ist. Ich habe ja die Hypothese, dass ich wohl kaum in irgendeiner Form einzigartig bin. Ich will lieber jemand sein, der auf möglichst viele Arten normal ist, nicht jemand, der nur auf eine Art normal ist und sonst nichts. Wie dem auch sei … ich jedenfalls glaube, dass Glück als mentaler Zustand oder existenzielle Endstation sprachlich so erfasst wurde, dass die Leute dadurch in die Irre geführt wurden, sozusagen mit einem sprachlichen Denkfehler. Glück kann auch einfach eine schöne Situation sein, in der man sich wohlfühlt, die man aber gar nicht als solche wahrnimmt, und umgekehrt. Immer vorausgesetzt, du hast eine eigene Persönlichkeit, in der du dein Glück verorten oder an die du es knüpfen kannst. Und ich habe keine feste Persönlichkeitstheorie.«

»Gut, da ging es jetzt um deine Ressourcen. Was ist mit deinen Schwächen?«

»Meine Schwächen? Ja, die sind ja der halbe Spaß. Ich weiß nicht, wo ich anfangen soll.«

»Irgendwelche schwerwiegenden?«

»Hm, tja, viele offensichtliche. Es kann schwerwiegend genug sein, dass man es nicht schafft, sie zu verbergen. He, he, da fällt mir Eldrid Lunden ein. Wir saßen mit Hartvig Kiran im Auto, und er hat sich darüber beklagt, dass er so kurze Finger hat. ›Ha, das ist bei Weitem nicht das Schlimmste an dir‹, sagte Eldrid. ›Schau dir mal deine Nase an!‹ Ich weiß nicht, ob ich immer an das Schlimmste erinnert werden will. Aber wie genau meinst du deine Frage, sozial oder persönlich schwerwiegend?«

»Nein, also …«

»Es ist ja eine Schwäche, wenn ich zu deutlich sehe und zu klar und präzise spreche und zu viel sage. Eine äußerst ungute Kombination.«

»Ja, klar. Aber das läuft wohl eher nicht unter ›schwerwiegend‹.«

»Ich bin sehr asozial. Gehe wenig unter Menschen und …«

»Ja, aber das ist ja eine sehr oberflächliche und kleine Schwäche.«

»Na gut. Womit ich bei mir selbst am unzufriedensten bin, ist meine eigene Stimme.«

»Ah ja?«

»Ja, sehr. Ich höre sie nicht gerne.«

»Ich finde, dafür, dass du deine Stimme nicht magst, redest du sehr viel!«

»Ich habe keine gute und schöne, angenehme Stimme, davon bin ich hundertprozentig überzeugt. Und diese Schwäche, sie ist ein großer Segen: Deshalb singe oder spiele ich nicht selbst, sondern bin nur Konsument. Über diese eine große Unzulänglichkeit bin ich sehr froh, denn ich habe viele gesehen, die gerne selbst Musik machen wollen, es aber nicht ganz hinkriegen. Diesen Drang habe ich aufgrund meiner Schwäche nie gehabt.«

»Wenn man diese Unzulänglichkeit als Schwäche ansieht, dann hast du sie sehr schnell ins Positive gedreht.«

»Aber ich habe sie tatsächlich für etwas Positives genutzt! Sie quält mich nicht.«

»Andere Schwächen?«

»Ich selbst bin nicht dieser Meinung, aber ich weiß, dass man mit einer gewissen Berechtigung behaupten kann, dass ich sehr kritisch bin. Weil ich die Dinge immer kommentieren muss und immer sehe, wie etwas besser sein könnte. Aber ich finde daran nichts Negatives, für mich ist es eher ein Impuls in Richtung konstruktive Zusammenarbeit.«

»Du bist also nicht kritisch, sondern nur konstruktiv?«

»Aus meiner Sicht schon, he, he. Ich habe jedenfalls kein Interesse daran, jemanden zu verletzen. Aber ich habe auch keine Freude daran, jemandem zu schmeicheln. Ich kann jemanden unterstützen, weil er unterstützenswert ist. Aber ich will niemandem helfen, von dem ich denke, dass er verschwinden sollte.«

»Du hast geschrieben, es gibt ein ungeschriebenes Gesetz unter Autoren, sich gegenseitig nicht zu loben, außer, man meint es wirklich. Und ich versuche, nach dieser Regel zu leben, aber sonst tut das niemand.«

»Ja, das ist scheußlich und unerträglich. Ich laufe nicht herum und sage: ›Jetzt springe ich!‹ Sondern ich springe. Ich habe immer Angst, dass man mir ansieht, was ich denke.«

»Du hast sehr viele starke Aversionen!«

»Ja, da hast du sehr recht! Aber ich leide nicht unter ihnen, denn was ich nicht mag, ist nicht hier. Aber du fragst nach Glück, ja … ich habe wenig Affinität zu Philosophen. Ich kann das selbst. Alles nur Schreiberlinge und Schriftsteller, die keine Verantwortung für irgendetwas übernehmen. Wenn ich sage: ›Ich will mich aufhängen‹, würden sie sagen: ›Ja, das bleibt dir und deiner Interpretation der Situation überlassen‹. Manche Kinderpsychologen behaupten, dass alle Kinder die wichtigsten Fragen der Philosophie bereits im Alter von fünf Jahren oder sieben Jahren oder was auch immer durchdacht haben.«

»Ich will mich nicht aufspielen, aber das ist auch mein Eindruck, weil es bei mir auch so war. Damals war ich intuitiv und vernünftig, später ist nur Unsinn daraus geworden.«

»Ja, ich hatte nicht die Artikulierung und die Begrifflichkeiten, die ich heute habe, aber ich hatte ein starkes Verhältnis zu Wahrheit und Wirklichkeit und Leben und Tod. Aber ich fühlte mich sehr allein damit. Und war erleichtert, als ich diese Behauptung gelesen habe, sie stand einfach da, ohne dass eine große Nummer daraus gemacht wurde. Es hat auch niemand widersprochen – aber offensichtlich wissen sie nicht, was sie damit anfangen sollen. Nein. Was das Glück angeht, da will ich den Schlaf hervorheben. Schlaf ist lindernd, problemlösend und unterhaltend.«

»Du bist ein guter Schläfer?«

»Ein guter Schläfer? Ein leidenschaftlicher Schläfer! Zum großen Leidwesen meiner Familie, diesen Neidhammeln. Ich freue mich darauf, schlafen zu gehen, und ich freue mich auch darauf, aufzustehen. Aber es stimmt wohl, was man im Volksmund über solche einfachen Glücksmomente sagt: Am besten gar nicht darüber reden. Das bedeutet nicht, dass ich nie unglücklich gewesen bin oder es nicht innerhalb einer halben Sekunde werden kann. ›Es kommt darauf an, worauf du gefasst bist‹, würde jemand aus dem Dorf sagen. ›Aber man ist nicht immer auf alles gefasst‹, würde dann jemand anders aus dem Dorf sagen. ›Nein, man kann nicht immer mit allem klarkommen‹, würde noch ein anderer aus dem Dorf antworten.«

»Wenn du über die Leute aus dem Dorf redest, wirken sie oft ein bisschen wie ein griechischer Chor, den du selbst mit Repliken fütterst?«

»Ja, klar, aber diesen griechischen Chor gäbe es

nicht, wenn ihn niemand zusammenrufen und mit ihm üben würde!«

Auf einmal: die Eieruhr. Einar stürzt zum Backofen. Jetzt kommt der große Augenblick. Er öffnet die Ofentür und fährt zusammen, als er eine große Dampfwolke direkt ins Gesicht bekommt. Ich habe eine böse Vorahnung und halte Sicherheitsabstand: Immer noch so viel Feuchtigkeit im Ofen? Einar steckt die Hand in den Ofen und ergreift eine Ecke. Ich halte den Atem an. Er bricht ein Stück ab.

Das Geräusch von Knäckebrot, das sein Potenzial ausgeschöpft hat.

Positive Prokrastination

Da ich mich selbst für ziemlich pragmatisch halte, wundere ich mich ständig darüber, wie irrational ich oft denke und handle. Offensichtlich bin ich eine Meisterin im Glauben, dass alles, wenn nur noch dies und das in Ordnung kommt, gut werden wird. Wenn wir aufs Land ziehen, werden die Romane nur so flutschen. Wenn mein Arbeitszimmer fertig ist, wird das Wunder schon geschehen. Wenn der Herbst kommt, wird sich Konzentration über meinen galoppierenden Geist senken. Und dann zeigt sich immer wieder, dass es eigentlich vielmehr darum geht, sich an einen einigermaßen aufgeräumten Tisch zu setzen und dort sitzen zu bleiben, bis man fertig ist oder bis man zum Abendessen gerufen wird.

Jetzt leben wir auf dem Land, mein Arbeitszimmer ist fertig – sogar die alten Nagellöcher sind gekittet! –, und der Herbst ist da. Und doch muss immer noch ein kleines Detail in Ordnung kommen, bevor der Sesam sich öffnen kann. Diesmal: mein Füller ist noch nicht da.

Dafür, dass ich ein Buch über und gegen Prokrastination geschrieben habe, prokrastiniere ich überraschend oft. Aber im Gegensatz zu meiner früheren Form der Prokrastination in einem Depressionen auslösenden Internethamsterrad, trödele und verzögere ich heute auf eine weitaus erfreulichere Art: Wenn ich eigentlich schreiben sollte, gehe ich lieber mit einer scharfen Schere hinaus und schneide Schnecken durch. Oder noch besser: ich träume mich fort in den Dschungel der Bürorequisiten.

Denn meine größte Prokrastinationsfreude ist und bleibt es, Stifte im Internet zu kaufen. Ich bestelle ungefähr zehn verschiedene Stifte gleichzeitig, achte darauf, dass die Zollgrenze gerade noch unterschritten wird, und arbeite die nächsten Tage sehr unkonzentriert, renne voll kribbelnder Erwartung zum Briefkasten – immer noch nichts! Aber dann kommen sie, früher oder später. Eine Schachtel mit zehn neuen Versuchen, den perfekten Stift zu finden. Ich fliege die Treppe förmlich hinauf, hole Papier heraus, reiße das Päckchen auf und fange an, die neuen Striche zu erforschen.

Ein guter Stift sollte fast von selbst über das Papier gleiten. Man sollte nur minimale Kraft aufwenden müssen, die Tinte sollte kommen, kaum dass man die Spitze auf das Papier gesetzt hat, denn allein das Gewicht des Stiftes sollte bereits ausreichen. Der Strich sollte so dünn wie möglich sein, aber trotzdem nicht zu dünn. Ich habe schon Stifte erlebt, die so dünn waren, dass sie das Papier beinahe perforiert hätten und man ständig Pausen machen und zwischendurch zu einem anonymeren Stift wechseln musste, um schlicht und ergreifend die Nerven zu schonen.

Ein guter Stift sollte billig sein. Man darf auf keinen Fall Angst haben, ihn zu verlieren, kaputt zu machen oder aufzubrauchen, das würde nur zu Schreibblockaden bis in alle Ewigkeit führen. Ein Kugelschreiber jedoch kann unmöglich ein guter Stift sein. Kugelschreiber sind in der Welt der Stifte das, was Separatorenfleisch in der Welt des Fleisches ist. Ein sehr dünner Filzstift oder ein so genannter Tintenroller dagegen schon. Dann ist es wichtig, dass er vorne ganz spitz ist. Er soll zwar beinahe, aber nicht völlig widerstandslos übers Papier gleiten. Wenn die Spitze zu rund und weich ist, fühlt man sich beim Schreiben wie Goofy, und das Ergebnis liest sich dementsprechend. Die Spitze darf auch nicht zu trocken sein, denn es ist grauenhaft, mit einem Stift zu schreiben, der stets aus dem letzten Loch zu pfeifen scheint. Das fühlt sich in etwa so an, als hätte man einen Liebhaber, der stets damit droht, einen zu verlassen.

Halldis Moren Vesaas zufolge hat Tarjei Vesaas deshalb so viele Bücher geschrieben, weil sein schicker Füller jedes Mal einen großen, hässlichen Klecks aufs Papier machte, sobald er kurz innehielt. Daher war Eile geboten. Viele würden sagen, der Füller sei der König der Stifte. Ich habe mich immer von Füllern ferngehalten. Ich bin Linkshänderin und habe viele schlimme Erinnerungen an meinen Handrücken, der die Tinte meiner frisch ausgebrüteten Sätze hinter sich her über das Papier schmierte, wenn ich mir heimlich den Füller meines Vaters ausgeliehen hatte. Später stellten Füller nie mehr eine Alternative dar, ich hielt die Federn generell für zu breit. Bis jetzt. Durch Zufall bin ich über einen Füller mit einer angeblich extrem dünnen Feder gestolpert, für nur ein paar Pfund. Er kann jeden Tag in der Post sein.

Sehr lange Zeit bin ich einem speziellen Stift treu geblieben: dem Pilot G-TEC-C4. Er ist äußerst selten in norwegischen Buchhandlungen erhältlich, und wenn, dann liegt er unscheinbar mitten unter der ansonsten eher traurigen, herkömmlichen Auswahl. Dieser Stift ist nahezu perfekt, sein Strich messerscharf, und die Tinte strömt kontinuierlich. Viele Jahre lang habe ich mich deshalb damit zufriedengegeben, für den Pilot G-TEC-C4 Nachfüllpatronen zu kaufen, in Schachteln zu zwölf Stück.

Doch eines Tages hat es mich wie ein Blitz aus heiterem Himmel getroffen: Was wäre, wenn? Was wäre, wenn es andere Stifte gäbe… genauso dünn oder noch dünner, mit einer noch angenehmeren Spitze, einem noch angenehmeren Schaft? Eine ziemlich brutale Situation: wie in einer langjährigen Ehe, die immer nur gut gewesen ist, in der sich aber der eine Part nichtsdestotrotz klammheimlich und ohne Vorwarnung nach jemand Besserem umsieht, nur für den Fall, dass da draußen jemand anderes existiert, jemand, der ungeahnte Freuden hervorrufen kann.

Der Leser kann sich sicher denken, welche Welt

sich mir eröffnete. Hunderte von Stiften erwiesen sich als genauso dünn oder noch dünner. Ich fing an, Bestellungen aufzugeben. Stifte traten in mein Leben, die wirklich perfekt schrieben, die ein sonnenklarer neuer Favorit wurden – und sich bereits nach kurzer Zeit als etwas unangenehm beim Halten herausstellten oder zu schnell austrockneten oder sich vielleicht doch etwas lasch anfühlten, wenn es hart auf hart kam. Und die Wahrheit ist, dass noch keiner von ihnen den Pilot-Stift geschlagen hat, sobald der Reiz des Neuen sich gelegt hatte und Alltag eingekehrt war.

Hier sitze ich also nun in Valestrand, während die Stifte sich draußen anhäufen. Was ist mit unserem Mann vom Nachbarhof, hat er spezielle Präferenzen, was Schreibgeräte anbelangt, falls er überhaupt von Hand schreibt?

»Ich schreibe mit Bleistift, und es muss ein B6 sein«, antwortet Einar ohne lange Umschweife eines Abends, an dem er Wein und große Pflaumen aus dem Garten serviert.

»So weich?!«, rufe ich verblüfft.

»Und das Schlimmste, was passieren kann, ist, dass sie verschwinden, und das tun sie die ganze

Zeit«, betont er. »Irgendwelche Leute schnappen sie sich und brechen die Spitzen ab, weil sie nicht kapieren, wie weich das Blei ist. Und ich schreibe nie mit Kugelschreiber. Aber manchmal mit einem dünnen Filzstift.«

»Ah, das mache ich auch. Ich habe ein Drittel meines Lebens damit verbracht, nach dem perfekten Stift zu suchen, mit der dünnsten Spitze. Und zurzeit habe ich eine Spitze, die nur 0,05 Millimeter dick ist!«, gebe ich viel zu begeistert zum Besten.

»Aha, ja ja«, antwortet Einar fast etwas abweisend. »Aber sie trocknen schnell aus, man muss sie verkehrt herum lagern.«

»Und was für Papier verwendest du?«

»Da bin ich sehr zwiegespalten. Einerseits bin ich jemand, der alles Papier ausnutzt, andererseits bin ich ein Gewohnheitsmensch. Eine Zeitlang habe ich Notizbücher von Leuten verwendet, die verstorben waren und nur eine Seite beschrieben hatten. Ich habe viel ausprobiert, aber das Allerherrlichste sind Notizbücher mit knallgelbem Papier.«

»Gelbes Papier?! Das nehme ich auch immer!«

»Ja, aber ich finde es nirgends!«, sagt er verzweifelt.

»Ich bestelle meins im Internet! Und das nächste Mal tun wir uns einfach zusammen! A4-Blöcke mit gelbem, liniertem Papier.«

»Nein, ich brauche A5. Und unliniert.«

»Das haben sie da, wo ich immer bestelle, sicher auch.«

»Also die, die ich brauche, heißen ›Mein Tagebuch‹ oder ›Meine Erinnerungen‹ oder so ähnlich.«

»Ok, dann ist es vielleicht doch besser, wir bestellen nicht zusammen«, antworte ich beleidigt.

Einar blinzelt träumerisch in die Luft. »Manchmal sehe ich Papier und denke: Darauf kann ich fantastisch schreiben.«

»Ich habe einen ganzen Sommer mit der Suche nach dem perfekten Schreibpapier zugebracht«, sage ich. »Und am Ende habe ich es tatsächlich gefunden.«

»Oh ja, es gibt Papier, auf dem ich absolut nicht schreiben kann«, betont er. »Du musst übrigens mal ausprobieren, mit brauner Tinte zu schreiben. Das bereitet mir viel Freude.

Ach ja, das liebe Papier. Einige Jahre habe ich schöne, ledergebundene Notizbücher benutzt, dabei hat es viel zu lange gedauert, bis ich eingesehen habe, dass das total kontraproduktiv war. Sie bereiteten mir Penetrationsangst, um Tomas Espedal zu zitieren, ich wollte sie nicht mit meinen dummen Sätzen zerstören. Jetzt kritzele ich mich durch dicke Stapel von gelbem, billigem Papier, ohne einen Gedanken an das Notizbuch zu verschwenden.«

Ich bin nicht dumm. Über Schreibwerkzeuge zu fantasieren, anstatt zu schreiben, ist wie auf dem Sofa hingefläzt jeden Abend über Joggingschuhe zu recherchieren, anstatt joggen zu gehen. Aber inzwischen finde ich, dass ein Leben ohne ein bisschen friedliche Prokrastination als Leben nicht lebenswert ist. Und genau wie gute Schuhe es schaffen, einem das Joggen verlockender und ernsthaftes Jogging sogar einfacher zu machen, schaffen ein guter Stift und attraktives Papier das Gleiche, wenn es ums Hinsetzen an den Schreibtisch geht.

Aber warum muss man eigentlich sitzen? Nach einem Übernachtungsbesuch blieb eine Matratze in meinem Arbeitszimmer liegen. Eines Tages dachte ich: Es könnte doch ganz schön sein, zwischen den Schreibeinheiten kurz dort zu liegen und zu lesen. Doch damit war das Feuer von Neuem entfacht: Denn warum sollte man eigentlich im Sitzen schreiben, wenn man stattdessen auch dabei liegen könnte? Nein, die norwegische Gleichheitstyrannei soll mich nicht dazu zwingen, zu sitzen, wenn ich Lust habe, ausgestreckt zu liegen! Blitzschnell hatte ich via Internetsuche eine lange Reihe von Bettschreibern zusammengestellt, um das Ganze zu rechtfertigen: Proust, na klar. Aber auch Churchill, Joyce, Mark Twain, Monica Ali, Truman Capote … Letzterer lag den ganzen Tag im Bett und rauchte und schrieb, und im Laufe des Tages ging er von Kaffee zu Alkohol über.

Bald darauf sitze ich da und studiere eine Reihe ausgewählter Bilder von verschiedenen kleinen Tischen für genau diesen Zweck, nämlich im Bett zu schreiben. Und ich fange an, eine Bauzeichnung zu skizzieren, denn es ist ja wohl klar, dass ich nie im Leben ein einziges Wort schreiben kann, bevor ich so einen Tisch habe, den perfekten Bettschreibtisch, mit einer Tischplatte, die man kippen kann, und einer kleinen Schublade für die Stifte und das gelbe Papier, das Ganze am besten aus Walnuss.

Allerdings sollte man sich ja wohl besser einige Grundkenntnisse im Schreinern von Möbeln aneignen, bevor man mit dem Skizzieren beginnt, doch erst, als ich gerade dabei bin, ein Buch über das Schreinern zu bestellen, wird mir klar, dass ich meiner Phantasie allzu freien Lauf gelassen habe und mich wieder auf den Boden der Tatsachen zurückbeamen muss.

Außerdem, ein Tisch würde nur Leistungsdruck verschaffen. Genau wie ein allzu schicker Füller oder allzu schönes Papier. Nein, ein Schreibbrett ist das Objekt der Wahl, aus einem übrig gebliebenen Dielenbrett. Ein einfaches Schreibbrett da unten auf der Matratze, und weil der Boden etwas kalt ist, kann eine Decke nützlich sein, wenn man erst einmal in Fahrt gekommen ist. Und drei gute Kissen im Rücken. Ach, mitten am Tag in einem Bett zu liegen, wie herrlich, da kann ich spielen, dass ich krank bin! Aber das brauche ich nicht einmal zu spielen.

Spezialgeschäft in Haugesund

Das Beste daran, die Hauptstadt zugunsten der Peripherie verlassen zu haben, ist, dass wir fast keine Zeit mehr in Geschäften verbringen. Die täglichen planlosen Kleinkäufe in einem der circa fünfzehn Supermärkte des Viertels sind durch säuberliches Listenschreiben und Riesenmengen von Einkäufen im hiesigen Coop ersetzt worden. Allein beim Gedanken an all die Vorteile, die uns durch diese beidseitige Loyalität beschert werden, taumeln wir vor Glück. (Die Hypothese, dass es ökonomisch günstiger ist, selten und viel einzukaufen, hängt nebenbei bemerkt an einem äußerst seidenen Faden, denn wenn wir früher hier und da für einen Hunderter eingekauft haben, kaufen wir jetzt jedes Mal für Tausende von Kronen und sind permanent dafür gerüstet, eine erneute, fünf Jahre andauernde Besatzung zu überleben.)

Doch auch wenn Coop Extra ein gigantisches Sortiment hat, das von Mehl bis Badezimmermöbel und Hochdruckreiniger alles umfasst, haben wir Kristiania ja nicht verlassen, ohne von der multikulinarischen Gemeinschaft der Großstadt geprägt worden zu sein. Was hilft es, dass Coop Extra vierzig verschiedene Varianten von Arbeitshandschuhen anbietet, wenn sie, nur als Beispiel, nicht einen einzigen anständigen Parmesan im Sortiment haben?

Glücklicherweise gibt es in der Nachbarschaft einen Mann mit noch hundert Mal vornehmeren Gewohnheiten, der diese Herausforderungen wirklich am eigenen Leib zu spüren bekam. Was ist sein Geheimnis? Das Geheimnis heißt Haugesund, und da Einar Økland keinen Lappen hat (er gehört zu den Führerscheinlosen Großen Vier, zusammen mit Solstad, Fløgstad und Askildsen) und Liv Marit es hasst, in die Stadt zu fahren, kann ich mit Schwiegermutters Peugeot und der Unterzeichnenden als eingerostetem Chauffeur punkten: Einar ist gewillt, mich mit auf Einkaufstour zu nehmen.

Der erste Stopp ist der staatliche Alkoholladen. Hier kauft Einar Wein und Rum und hält der Dame am Infoschalter einen spontanen Vortrag über Grappa und der an der Kasse einen über Marmelade. Dann geht die Fahrt weiter zum Metzger, wo der Dichter wie ein heimgekehrter Sohn empfangen wird. Der Erstgenannte bedauert, dass er keinen Ochsenschwanz mehr hat, sucht aber zumindest die beste Leber heraus, und danach eile ich Einars äußerst schnellem Schritt in Richtung Amundsens Delikatessenladen hinterher.

Auf unserem langen Weg durch die Fußgängerzone in Haugesund ist es unmöglich, *nicht* mitzubekommen, dass die Leute Einar mehr oder weniger offen anstarren. Manche, weil sie ihn erkennen – »Schau, da kommt Einar Økland, der Dichter!« –, aber die geballte Mehrheit starrt, da bin ich mir sicher, weil er eine Baskenmütze aufhat und »ein bisschen speziell« ist. »Ein bisschen speziell« ist der Ausdruck, den ich am häufigsten gehört habe, seit wir nach Westnorwegen heimgekehrt sind – und der, den ich am wenigsten vermisst habe. Es ist die lahmste Kritik, die es gibt – und es ist immer als Kritik gemeint –, denn man muss nur sagen, jemand ist »ein bisschen speziell«, oder bei außergewöhnlichen Gelegenheiten »sehr speziell«, da nicken die Leute schon eifrig und freuen sich außerordentlich. Und wenn man die Schlange im Paradies ist und »Ach?« oder »Inwiefern denn?« fragt, dann ist keine andere Antwort nötig als »Ja, er ist einfach so ein bisschen –«, was dann offenbar als Erklärung ausreichen muss. Und man selbst bleibt als großer politisch korrekter moralistischer Leugner der Wahrheit sitzen, denn die Wahrheit ist ja immer, dass der Betreffende, von dem gesprochen wird, ein bisschen speziell ist!

Einar seinerseits hat die Angewohnheit, zu betonen und sich selbst damit zu rühmen, was für ein extrem gewöhnlicher, ganz normaler Kerl er sei, ja fast schon ungewöhnlich gewöhnlich. »Ich weiß schon, dass ich sehr wenig speziell bin!«, hat er schon oft gesagt, und als ich einmal sanft gegen dieses ziemlich verdrehte Selbstbild protestiert habe, wirkte er fast ein wenig beleidigt.

Als die Türglocke klingelt und Einar das Delikatessengeschäft Amundsen betritt, komme ich mir vor wie in einer Filmszene, denn der gut frisierte und beschürzte Verkäufer steht bei seinem Anblick sofort stramm, als käme Don Corleone höchstpersönlich zur Tür herein – nein, eigentlich ähnelt die Begrüßung am allermeisten einer Szene aus einer vom Norwegischen Rundfunk produzierten Adventssendung, aber nicht »Weihnachten in der Schuhmacherstraße«, sondern »Weihnachten im Einar-Økland-Weg«.

»Guten Tag! Darf es das Übliche sein?«, fragt der Verkäufer – und vielleicht ist es diese Formulierung, die Einar glauben lässt, er sei so normal? Er antwortet lediglich mit einem Nicken, das so viel wie »Ja, natürlich« bedeutet, und der Beschürzte beginnt sofort, Espressobohnen aus italienischer Röstung zu mahlen und saure und süße Aprikosen auszuwählen, während Einar einen Blauschimmelkäse aussucht und bezahlt.

Jetzt nähern wir uns dem Höhepunkt. Wir werden Einars Lieblingsantiquariat aufsuchen – »das Antiquariat, dessen Inhaber nicht weiß, was etwas wert ist!«, wie er mir in begeisterter Vertraulichkeit mitteilt. Mir kommt im Stillen der Gedanke, es könnte vielleicht auch sein, dass Einar und der Inhaber einfach nur eine völlig unterschiedliche Auffassung davon haben, welche Dinge überhaupt einen Wert haben?

Diese Theorie wird meinem Empfinden nach bereits bekräftigt, als wir das Antiquariat betreten, Einar den Inhaber freundlich grüßt und sofort an allen alten Teeservices vorbei die Treppe zum Keller hinunterstrebt, wo die Bücherregale stehen. In einem rasanten Tempo zupft er eine Drucksache nach der anderen aus dem Regal, bis er schließlich plötzlich den Mund aufreißt und meine Aufmerksamkeit einfordert.

»Schau mal das hier«, flüstert er und hält mir eine alte schwarzweiße Broschüre des Norwegischen Pfadfinderverbands hin. »Schau, alle sind von hinten fotografiert!«

Auf dem Umschlag ist ein Foto von drei bis vier Pfadfindern auf einer Bergkuppe, den Rücken zum Betrachter gewandt.

»Ich habe eine große Sammlung mit Leuten, die von hinten fotografiert sind«, sagt er aufgeregt und stößt einen kleinen Schrei aus, als er entdeckt, dass auf der Rückseite noch mehr Pfadfinder mit dem Rücken zum Betrachter abgebildet sind! *Potz Blitz*, denke ich spöttisch, *ist sich der Antiquar darüber im Klaren, was für Schätze er in seinem Keller hortet?*

Aber Einar ist ein wählerischer Sammler, also stellt er die Broschüre zurück ins Regal, und die Jagd geht weiter. Während ich vergeblich nach einem schönen Pflanzenbestimmungsbuch suche, durchforstet Einar alle Regale systematisch von oben nach unten, ohne etwas von besonderem Interesse zu finden, bis er von Neuem einen begeisterten Seufzer ausstößt: eine Bibel, voll von zierlichen verschiedenfarbigen Hervorhebungen des Besitzers und kleinen Reflexionen am Rand. Einar blättert nach vorn, um nachzusehen, ob das Buch mit dem Namen des Eigentümers signiert ist, und fährt in einem freudigen Schock zusammen: »Døsseland! Von ihm habe ich ein Sterbebildchen!«, ruft er in einem Tonfall, als wäre er soeben aus allen Wolken gefallen, und dämpft sofort seine Stimme, damit der da oben keinen Verdacht schöpft.

An der Kasse fängt Einar mit dem naiven Antiquar ein Gespräch über etwas ganz anderes an, ein smartes Ablenkungsmanöver, damit Letzterer nicht bemerkt, was für ein unersetzbarer Gegenstand ihm da gerade durch die Finger rutscht.

Wir gehen weiter, die Fußgängerzone entlang wieder Richtung Auto, und immer noch verdrehen die Haugesunder die Köpfe um 180 Grad, um den etwas Speziellen unter der Baskenmütze anzustarren. So war es in der Hauptstadt nicht, da bin ich mir ziemlich sicher, dort lief man eher Gefahr, dafür kritisiert zu werden, dass man zu normal war.

In meiner Erinnerung fanden die einzigen Anlässe, bei denen die Charakteristik »ein bisschen speziell« in Oslo eine Rolle gespielt hat, in meinem Inneren statt, und dabei ging es immer um mich in unterschiedlichen sozialen Zusammenhängen. Zum Beispiel im Winter bei der so genannten Babygruppe in der Mütterversorgungsstation, einer Gruppe, die sich nur ein einziges Mal getroffen hat, trotz der Intention der Gemeinde, dass wir Freunde fürs Leben werden sollten. Alle anderen Mütter der Gruppe waren so jungmädchenhaft lebendig, dass ich mich, wie wir da im Halbkreis zusammensaßen, fast wie ein alter Vater fühlte. Und als ich dann mit dunkler, pferdeähnlicher Stimme mich selbst und das Neugeborene als »Agnes« und »Jostein« vorstellte, war unklar, wer von uns wer war. Und während ich diesen jungen Mädchenmüttern dabei zusah, wie sie ihre kleinen Puppenbabys so mühelos in ihren Armen herumkatapultierten, dass die Spucke buchstäblich gegen die Wände spritzte, wusste ich urplötzlich nicht mehr, wie ich meinen eigenen Sohn halten sollte.

In diesem Moment habe ich mich »ein bisschen speziell« gefühlt. Aber herumlaufen und ununterbrochen darüber sprechen, dass der oder jener speziell ist, nein, das haben die Leute in Oslo wirklich nicht gemacht – im Gegensatz zu hier. Und ich bin hierhergezogen, und das auch noch freiwillig!

Mit hochgezogenen Schultern manövriere ich uns aus der Stadt, über Ampelkreuzungen und um Kreisverkehre herum. Dafür, dass mein Beifahrer keinen Lappen sein Eigen nennt, überwacht er eisern die Einhaltung der Straßenverkehrsordnung – mit all ihren verschlungenen Interpretationsmöglichkeiten. Ununterbrochen wendet er sich mit aktualisierten Verkehrsmeldungen, Informationen und sonstigen Einfällen an die Chauffeurin, der deutlich anzumerken ist, dass sie sich nicht mehr daran erinnert, was die verschiedenen Verkehrsschilder bedeuten, wann sie in den vielen Kreisverkehren blinken muss und in welche der unterschiedlichen Spuren sie sich einordnen soll. Trotz aller wohlmeinenden, aber verwirrenden Ratschläge fahre ich uns in einem Baugelände fest. Das ganze Auto vibriert vor niedrigem Blutzucker, aber *schwupps* sind wir in der Ausfahrt zum Raglamyr, dem Einkaufsinferno von Haugaland, gelandet, wo wir uns Kaffee und Gebäck einverleiben und Einar die Bücherregale der Fretex-Filiale inspizieren darf.

Und als wir wieder im Auto sitzen und ich uns auf die E143 und dann die E39 eingefädelt habe und die Straße schmäler und schmäler wird, bis wir zum Einar-Økland-Weg kommen, wo ein etwas Spezieller neben dem anderen wohnt, da fällt mir plötzlich auf, dass ich hier im Dorf noch nie gehört habe, wie jemand auf diese Art urteilt. Es ist kein Dorf-Phänomen, wird mir klar, sondern etwas, das man in den provinziellen Kleinstädten tut, in Haugesund und Stord, wo es eine Klassengesellschaft und Familiendynastien und Positionen zu schützen gibt, und – wenn ich raten sollte, wie Einar das Ganze erklären würde – Sportvereine. Einar hat tatsächlich, wohl etwas patriotisch-naiv, behauptet, hier in Valestrand existiere überhaupt kein Gleichheitsdruck. Im Gegenteil. Ein Abweichender würde viel mehr wertgeschätzt, weil man über ihn reden kann!

Am Briefkasten steigt Einar aus und bedankt sich für die Mühe. Ich fahre weiter nach Hause und parke. Doch als ich die Einkäufe ins Haus tragen will, entdecke ich verblüfft, dass ich fast gar nichts gekauft habe. Nur ein bisschen Wein und eine Tüte saure Aprikosen. Habe ich schon alle meine vornehmen Angewohnheiten verloren? Parmesan schmeckt doch im Großen und Ganzen einfach wie Parmesan, oder? So speziell bin ich nun auch wieder nicht.

Dagegen ist es schon wirklich super, ein bisschen Auswahl zu haben, wenn man dringend neue Arbeitshandschuhe braucht.

Die Geschichte mit den gelben Autos

Wenn ich mich manchmal frage, was um alles in der Welt mich getrieben hat, die Stadt zu verlassen, die ich ziemlich gern mochte und immer noch mag, um auf einem alten, abseits gelegenen kleinen Bauernhof zu leben, wenn auch nur für ein halbes Jahr, dann versuche ich, das Ganze mithilfe der Evolutionstheorie nachzuvollziehen. Meiner Deutung nach unterstreicht sie, wie unglaublich es eigentlich ist, dass die Leute es in der Stadt mit sich selbst aushalten.

Aber fangen wir von vorne an: Als Art entstanden wir vor ungefähr 150.000 Jahren, nachdem wir zuerst ein paar Runden als Affen hinter uns gebracht hatten. Die ersten 140.000 Jahre als Homo sapiens verliefen wohl einigermaßen konstant. Wir waren Jäger und Sammler, wachten über das Feuer, und so vergingen die Tage. Auf diese Weise bekamen Gene und Umwelt reichlich Gelegenheit, in wechselseitiger Harmonie zu existieren. Aber dann, vor 10.000 Jahren, wurden wir zu sesshaften Bauern, und die Hölle brach los: Wir entwickelten uns in rasender Geschwindigkeit, eine Erfindung löste die andere ab, und hier sitzen wir nun, jeder in seiner frisch geputzten Küche, schönheitsoperiert und einsam. Wir leben in einer verkehrten Welt: Kinder bekommen Stressdiagnosen und Antidepressiva, das Hühnchen in den Läden ist giftig, Elektrogeräte werden produziert, um nur einen Moment lang zu halten, und der Landwirtschaftsminister gibt Pepsi Max als sein Lieblingsgetränk an.

»Mit sich selbst im Unreinen« war jedoch nur der Anfang. Wir sollten uns genauso entfremdet fühlen wie der norwegische Fisch, der auf dem Weg in unsere Kühltruhen durch Asien muss. In der Stadt zucken wir mit den Schultern – Schultern unter Klamotten, die Sklaven genäht haben, aber 49 Kronen für ein T-Shirt ist doch wirklich billig! – und spielen eine neue Runde Candy Crush. Wie schaffen wir es, uns noch im Spiegel anzuschauen? Vor allem, seit wir kaum mehr etwas anderes tun als genau das.

Es war wohl die 19.-Jahrhundert-Version dieses

Wahnsinns, die H. D. Thoreau dazu brachte, sich eine Axt zu nehmen und diskret in die Wälder bei Walden Pond zurückzuziehen: Vielen Dank, ich ertrage das alles nicht mehr. Der Mensch ist ein Produkt der Natur und entwickelte sich in ihr und durch sie weiter. Unser Körper und unsere Sinne sind an eine allumfassende und aktive Entfaltung im Freien angepasst, und wir sind das momentane Ergebnis dieser Millionen von Jahren andauernden Anpassung. Deshalb finde ich es fast ein bisschen seltsam, dass ich in den fünfzehn Jahren, die ich in Städten gelebt habe, zu keinem Zeitpunkt das Gefühl hatte, die Natur zu vermissen. Im Gegenteil, ich fühle mich in der Stadt enorm wohl. Ich habe mich eigentlich immer ein bisschen benachteiligt gefühlt, weil diese Millionen von Jahren offenbar nicht für mich gelten, die Evolution hat langsam, aber sicher alle Jäger- und Sammlergene aus mir herausgepresst, Tropfen für Tropfen, und zurück bleibt eine schmalschultrige, kurzsichtige Stadtratte ohne jegliches Interesse für die Natur, von anderen Tieren gar nicht zu reden.

Und diese Stadtratte hat, genau wie in einem Kinderbuch, aus irrationalen Beweggründen dem chaotischen Abwasserrohrsystem der Stadt den

Rücken gekehrt und versucht von nun an, sich auf dem Land selbst zu finden, wo sie ihrer eigenen Theorie zufolge weit mehr in Harmonie mit sich und der Umwelt leben sollte. Als hätte sie vorher in Disharmonie gelebt – was gar nicht der Fall war. Dennoch strenge ich mich jetzt an, so zu tun, als ob, indem ich hier sitze und die Berge, die grünen Bäume, das rote Laub und den Kleiber im Gartenbaum anstarre.

Ich habe über Berge und Singvögel nur Gutes zu sagen, aber in Oslo saß ich da und schaute direkt in die Wohnungen anderer Leute. Und eigentlich war das mindestens genauso schön. Wenn ich einen Tipp abgeben sollte, würde ich all mein Geld darauf verwetten, dass der Mensch in weitaus höherem Grad ein Herdentier ist als ein Naturtier, viel mehr abhängig davon, mit anderen zusammen zu sein, als davon, nahe an einem Wald oder einem Fluss zu wohnen. Als ich also Olaug Nilssen erzählte, dass ich aufs Land ziehen würde, sagte sie nur: »Ich wette, du bist innerhalb von drei Monaten zurück auf Facebook.«

Als wir im Juli herkamen, war es tatsächlich eine unserer ersten Amtshandlungen, den lokalen Internetanbieter zu kontaktieren. Wir bekamen Bescheid, dass der Anschluss gleich um die Ecke lag. Bald würde unsere ganze Nachbarschaft mit blitzschnellem Glasfasernetz ausgestattet werden. Mit welcher Wartezeit wir denn ungefähr rechnen müssten?, fragten wir. »Etwas schwer zu sagen, aber er liegt gleich um die Ecke!«, lautete die Antwort. Das hörte sich ja schon nach ein paar Wochen Wartezeit an, aber wir versicherten uns gegenseitig, dass wir das hinbekämen. In der Zwischenzeit würden wir eben im Wohnzimmer sitzen und anstelle von Serien im Internet die Schafe anschauen, die der Pächter gerade von der Sommerweide heruntergeholt und auf unseren Hügeln freigelassen hatte.

Und genau das taten wir: Wir schauten die Schafe an. Was für merkwürdige Tiere! Immer wieder begab sich ein Schaf auf Wanderung, und sofort folgten die anderen ihm nach, so dass alle zusammen fein säuberlich hintereinander in einer schnurgeraden, dünnen Linie quer über die Weide trippelten. So ging das tagein, tagaus, die ganze Weide sah wegen dieser tausend schmalen, schnurgeraden Pfade, die sie nach und nach anlegten, wie ein Halma-Spielbrett aus.

Nach ein paar Wochen, als es August geworden war, nahmen wir wieder Kontakt mit dem Internetanbieter auf. »Der Anschluss liegt gleich um die Ecke!«, lautete erneut die Antwort. So langsam wurde es ein ganz klein wenig unpraktisch, dieses Leben ohne Internet. Es war zwar schön, dass man weniger Zeit mit Quatsch verbrachte, aber das Verschicken von E-Mails beispielsweise war auf Dauer eher umständlich, wenn man sie alle auf dem Handy schreiben, anschließend in das oberste Zimmer mit dem besten Empfang gehen und letztendlich darauf hoffen musste, dass sie sich abschicken ließen. Aber glücklicherweise sei es ja nur noch eine Frage von Tagen, bevor wir Internet bekommen, redeten wir uns gut zu.

Wir verfolgten weiter das Leben der Schafe. Bald gesellten sich noch sechs Kühe dazu, die sofort unser Interesse weckten. Ein Interesse, das sich als gegenseitig erweisen sollte. An manchen Morgen erwachten wir ruckartig von lautem Gemuhe im Garten: Sie waren mal wieder durch den Zaun gebrochen und labten sich auf unserem Grundstück, und der Hügel vibrierte von Schafen, die das Loch im Zaun entdeckt hatten und in vollem Galopp auf dem Weg dorthin waren. Mit unserem Baby auf dem Arm mussten wir die Kühe mit einem Stecken wieder auf die Weide jagen, wobei wir gleichzeitig wie Verteidigungsspieler beim Handball vor dem Loch stehen mussten, um die Schafe daran zu hindern, uns für immer zu verlassen.

Während wir auf das Internet warteten, schwand der Sommer, und der Herbst übernahm. Die Rauchschwalben zogen davon, andere Vögel kamen. Wir versuchten, uns mit Unkrautjäten und Pfifferlingssuche abzulenken. Und während draußen die Landschaft von Grün auf Rot umschaltete, tauchten ein paar auffällige Autos in der Umgebung auf. Lieferwagen, gelb wie Espen im Herbst, mit einem Logo darauf: *Otera.* Wir sahen uns an: Internet! Das Internet war im Anmarsch! Wieder riefen wir den Internetanbieter an, um sicherzugehen, dass sie auch von uns wussten: »Sagen Sie den Leuten von Otera, dass sie nicht an unserem Haus vorbeifahren dürfen!«, flehten wir. »Keine Sorge«, lautete die Antwort, »die Leute von Otera sind schneller bei Ihnen, als Sie ahnen.«

Wir gaben uns damit zufrieden, in der sicheren Gewissheit, dass der Tag nun nahe war. Die gelben Autos zeigten sich immer häufiger, sie parkten hier und dort, in einem immer enger werdenden Radius. Die neuen Folgen von *Die Brücke* und anderem Zeug im Fernsehen, auf das wir uns gefreut hatten, wurden ausgestrahlt, und da saßen wir, im Wohnzimmer, und glotzten die Schafe an. Sie liefen und liefen, wie eine weiße, schnurgerade Perlenkette. Ab und zu stellten sich die Kühe ganz nah am Wohnzimmerfenster in einer Reihe auf und glotzten zu uns herein, und dann glotzten wir zurück. Mehr passierte nicht.

Und dann, eines Morgens im Oktober in aller Herrgottsfrühe, wir schliefen noch, klingelte es an der Tür. Wir erwachten mit einem Schrei: Jetzt sind die Kühe wieder ausgerissen, oh Schreck, oh Graus! Bis uns einfiel, dass der Pächter ein paar Tage zuvor da gewesen war und sie abgeholt hatte. Als wir öffneten, standen zwei behelmte Männer auf der Treppe, hinter ihnen leuchtete ein knallgelbes Auto.

»Guten Morgen«, sagten sie. »Wir sind von Otera. Wir sollen hier das Internet installieren.«

Ein Schauer von Glück durchströmte mich. Endlich war der Tag gekommen!

Sie waren unglaublich effektiv, warfen mit Leitungen um sich, kletterten die Wände hoch; sie hatten eine Art Machete dabei, mit der sie sich einen Weg durch die Wildnis hinter dem Schuppen schlugen, und nach einer Weile standen sie erneut auf der Treppe und verabschiedeten sich.

»Jetzt haben wir also Internet?«, fragten wir.

»Ja«, antwortete der eine, aber es wirkte eigentlich nicht ganz so, als würde er es wirklich meinen. »Erst werden wir noch einen Monteur schicken«, korrigierte der andere. »Er arbeitet gleich um die Ecke.«

Es vergingen einige Wochen, ohne dass wir auch nur die Spur eines Monteurs sahen. Dann lag eines Tages ein Brief in der Post: *Willkommen als Kunde! Herzlichen Glückwunsch zu Ihrem neuen Internet!*

Vielen Dank! Aber mehr passierte nicht. Die Tage vergingen. Die Landschaft wechselte von Rot zu Gelb zu Braun. Eines Tages kam der Pächter und lud alle Schafe auf einen Lastwagen. »Er nimmt uns unser Fernsehen weg!«, rief ich bestürzt, aber mein Lebensgefährte schüttelte nur langsam und traurig den Kopf, es war nicht zu ändern. Ich begann, abends wieder Bücher zu lesen. Tagsüber besuchten wir die Wildschafe bei Einar und Liv Marit, denn inzwischen waren wir nicht mehr dazu in der Lage, einen ganzen Tag zu überleben, ohne Tiere anzuschauen. »Morgen gibt es hier ein Blutbad!«, sagte Liv Marit. »Da kommt der Metzger und schlachtet die Lämmer gleich hier«, sagte sie und zeigte den Hügel hinunter. Wir schauderten, aber nicht so sehr, dass wir die Einladung zum Abendessen ein paar Tage später nicht dankend angenommen hätten, als das Blut am Hügel weggeregnet worden war.

Einars Lammfrikassee stand auf dem Speisezettel. Es schmeckte phantastisch, und ich begann sofort darüber zu fabulieren, mir Wildschafe anzuschaffen. »Morgen kommt der Otera-Monteur zu uns«, erzählten sie während des Abendessens, und – Tatsache – am nächsten Tag stand ein knallgelbes Auto auf ihrem Hof. Wir atmeten erleichtert auf – zwischen uns und ihnen liegen nur zwei Häuser, und nur eines davon sollte Internet bekommen.

Während wir warteten, schnitten wir Hecken und Obstbäume, verbrannten Gartenabfälle und starrten in Ermangelung von Tieren abends nervös die Glut im Ofen an. Eines Nachts stürzten bei einem Sturm drei Tannen um, über den Zaun und auf die Weide, und mein Schwiegervater musste zu Hilfe kommen. Danach investierten wir in eine Motorsäge. Die gelben Autos vermehrten sich wieder, und man sah nie mehr nur ein gelbes Auto allein, sondern immer zwei oder drei im Pulk, und sie parkten in Straßengräben, die immer näher an unserem Haus lagen. Es waren kaum noch Blätter an den Bäumen. Wir rechten Schubkarrenladung um Schubkarrenladung Laub, die Tage wurden kälter und kürzer, der Wind wurde stärker. Zuvor hatte ich mich nur sehr wenig um den klimatischen Ablauf eines Jahres gekümmert, den Wechsel der Jahreszeiten verband ich im Großen und Ganzen nur damit, dickere oder dünnere Kleidung vom Dachboden zu holen. Jetzt dachte ich: *Stell dir vor, wie es hier aussieht, wenn der Frühling kommt und alles grünt, unglaublich!*

Es ist Mitte November. Ich bin auf dem Heimweg von einem Spaziergang mit dem Kinderwagen, als plötzlich ein knallgelbes Auto ein paar Meter von unserem Haus entfernt steht und ich aus der Ferne einen der behelmten Monteure *einsteigen* sehe. »ENTSCHULDIGUNG!«, brülle ich, renne los und rumpele mit dem Kinderwagen über Grasbüschel und durch Dreckpfützen. Er hält inne, dreht sich um und entdeckt mich.

»Ich wohne in diesem Haus hier«, bringe ich

hustend und nach Luft schnappend hervor. »Wir haben im Juli Internet bestellt. Wissen Sie, wie lange wir noch warten müssen?«

Der Monteur sieht mich an und legt den Kopf schief. »Wir sind gleich um die Ecke«, sagt er schließlich.

»Aber hier gibt es doch gar keine Ecke! Sie stehen genau vor unserem Haus!«

Er schluckt. »Ok, wir hatten mal gedacht, dass wir auf jeden Fall vor Weihnachten bei Ihnen ankommen. Das können wir Ihnen jetzt aber nicht mehr versprechen.«

Ich antworte nicht.

»Wir kommen, wenn wir kommen«, tröstet er mich.

Ich nicke stumm.

Der Behelmte steigt geduckt in sein Auto ein und fährt weg.

Auf dem Weg ins Haus spüre ich eine Art Erleichterung. Internet wäre praktisch gewesen, aber lebensnotwendig ist es ja streng genommen nicht. Es kommt, wenn es kommt. Ich kann gut noch eine Weile als Jäger und Sammler leben.

Toccata und Fuge

Wie schon mehrmals erwähnt, war die Idee hinter diesem leicht nach »Blut und Boden« riechenden Experiment – während eines zeitlich stark eingegrenzten Lebensabschnitts auf dem verlassenen Hof der Schwiegerfamilie in der äußersten Fjordmündung (etwas übertrieben gesagt) zu wohnen, irgendwo im rebellischen Westnorwegen, wo Generation um Generation meiner Schwiegervorväter sich zu Tode gerackert und gehungert und sich gegenseitig mit Äxten und Holzstangen erschlagen hat –, dass wir um den Jahreswechsel mehr oder weniger unbemerkt in unsere modern ausgestattete Dreizimmerwohnung in Frogner zurückkehren würden. Zurück in einen sympathischen Stadtteil der Hauptstadt, in dem man nicht die ganze Zeit mit seiner mangelhaften Fähigkeit, was die Verschmelzung mit der Natur betrifft, konfrontiert wird.

Die Überraschung war deshalb beidseitig relativ groß, als mein Lebensgefährte und ich uns auf einem Familientreffen kurz vor Weihnachten plötzlich den Wunsch vorbringen hörten, das Anwesen zu kaufen. Das Anwesen zu kaufen, für immer hierher zu ziehen und die Instandhaltungs- und Bewirtschaftungspflichten nach bestem Wissen und Gewissen zu erfüllen.

Die Familie war aus gutem Grund genauso verblüfft wie wir, doch nach kurzem Beratschlagen wurde unser Wunsch mit größtem Wohlwollen angenommen, und der absurd langwierige Übernahmeprozess, der verlangte, dass unter anderem eine Gruppe von Menschen in der Größe einer Basketballmannschaft einem Verzicht auf ihren Anteil zustimmte, wurde sofort in die Wege geleitet.

Froh und erleichtert kehrten wir auf unsere kleine Farm zurück, um zu genießen, dass wir zu einer Entscheidung gekommen waren – eventuell aber auch, um über die angsteinflößende Tatsache zu kontemplieren, dass wir nun unser vornehmes und sorgenfreies Oslo-West-Dasein zugunsten eines baufälligen Kleinbauernhofs in einem ausgeprägt regenreichen Dörfchen im schwermütigen Südwestnorwegen für immer verlassen würden. Die Stimmung zwischen uns war nämlich nicht so prickelnd und hellrosa, wie man es sich von einem jungen, hoffnungsvollen Paar erwarten sollte, das gemeinsam eine große und lebensverändernde Entscheidung getroffen hat.

Ganz im Gegenteil, wieder zu Hause angekommen, warf mir mein Lebensgefährte H einen missmutigen Blick zu.

»Dir ist schon klar, warum wir das machen, oder?«

»W-wie meinst du das?«, stotterte ich.

»Ich glaube, du weißt sehr gut, wie ich das meine.«

Ich blickte zu Boden und nickte stumm.

Es verhielt sich nämlich so, dass mir vor einer Weile, einige Wochen vor der Äußerung unseres Wunsches, das Haus zu kaufen, ein Unglück passiert war. Genauer gesagt: das letzte Unglück in einer Abfolge von vielen. Lauter kleine, lächerliche Arbeitsunfälle draußen im Garten, in dem ich seit meiner Ankunft konsequent wie ein Klodrik herumlief und jedes einzelne kleine Pflänzchen und jedes einzelne Werkzeug zerstörte, mit dem ich in Kontakt kam. Lauter kleine Missgeschicke, die mich in der Summe darin bestärkt hatten, dass es das Beste wäre, dieses dumme Bauernleben auf dem Hof schleunigst zu beenden.

Doch das letzte Unglück hatte fatale Konsequenzen. Wie bereits erwähnt, hatte mein Schwiegervater mit Hilfe seines Schreinerbruders Tag und Nacht gearbeitet, damit wir das Haus gegen Ende des Sommers beziehen konnten. Sie hatten in Rekordzeit Bad, Küche, Wohnzimmer, Schlafzimmer, Arbeitszimmer und Flur renoviert, überall neue Decken und Wände eingezogen, Böden verlegt und Gott weiß was noch alles. Wir waren eingezogen, um ein halbes Jahr lang Westnorweger zu spielen, bevor meine Schwiegerfamilie den Hof als Feriendomizil übernehmen würde.

Dann gab es eines Tages ein Fest in der Hütte auf dem Nachbargrundstück, 200 Meter vom Haus entfernt. Es war ein schöner, milder Herbstabend, und die kleine, aber sehr geräuschvolle und sehr betrunkene Gruppe von Freunden mittleren Alters saß um Mitternacht, als wir ins Bett gingen, immer noch draußen und grillte.

In dieser Nacht hatte ich einen Alptraum von

diesen Hüttenmenschen: Sie würden kommen und mich holen! Und als wäre das nicht genug, wachte ich mitten in diesem Alptraum auf und musste aufs Klo. Ich schlich die Treppe hinunter ins Bad, wo ich die Hütte vom Fenster aus erahnen konnte. Ich sah den Schein des Lagerfeuers und hörte Gegröle und Gelächter. Die Hüttenmenschen waren immer noch wach!

Aus Angst, sie könnten sehen, dass bei uns das Licht anging, und beschließen, ihre Drohungen aus dem Alptraum wahr zu machen, ließ ich das Licht aus. Im Stockdunklen wusch ich mir hinterher die Hände und griff nach dem Handtuch – und im Bruchteil einer Millisekunde begriff ich, dass das Schlimmste geschehen war: eine laute, fürchterliche Explosion auf dem nagelneuen Fliesenboden. Vor meinem inneren Auge sah ich die grüne Glasflasche, die ganz außen auf dem Waschbecken gestanden hatte, durch die Luft segeln. Ich machte das Licht doch an. Auf dem nagelneuen Badezimmerboden breitete sich eine gelbe, dicke, übelriechende Flüssigkeit aus.

Eigentlich liegt es in meiner Natur, mich zu ergeben, wenn solche Dinge passieren, aber ich war ja Mutter geworden und konnte mir nicht mehr so einfach das Leben nehmen. Mir blieb also nichts anderes übrig, als den kunstvollen feinkörnigen Brei aus Tran und Glaspartikeln zusammenzukehren, so gut es ging, und dann zu putzen, putzen, putzen, wieder und wieder.

Tran ist ein merkwürdiges Zeug. Er ist sozusagen auf einem ganz anderen Niveau fettig als alle übrigen öligen Substanzen. Er dringt intensiv in alles ein, womit er in Berührung kommt. Deshalb hatte die Flasche dort gestanden, wo sie stand. Babys müssen nackt sein, wenn man ihnen Tran gibt, denn wenn auch nur ein einziger kleiner Tropfen auf ein Kleidungsstück gerät, kann man es nur noch in den Müll werfen, denn weder der Fleck noch der Geruch lassen sich je wieder daraus entfernen.

Ich scheuerte, bis es langsam hell wurde. Die Hüttenmenschen waren schlafen gegangen. Die Kühe und Schafe draußen auf der Weide wurden langsam wach. Ich hatte alles weggeputzt und ging ins Bett, um mich noch eine knappe halbe Stunde aufs Ohr zu legen, bevor ich wieder aufstehen musste.

»Warst du auf dem Fest?«, flüsterte H.

»Ich will nicht darüber reden«, murmelte ich und schloss die Augen.

Der darauffolgende Morgen verlief zunächst ganz normal. Wir standen auf, versorgten das Baby im Bad, das intensiv nach Putzmittel roch, frühstückten. Ich konnte fast nicht glauben, dass ich so leicht davongekommen war. Mittags waren wir bei den rechtmäßigen Besitzern des Badezimmerbodens zu Besuch.

Am späten Nachmittag kamen wir zurück. Ich bereitete gerade das Abendessen zu, als H mit einem sehr fragenden Blick auf mich zukam.

»Was ist?«, fragte ich.

Er bedeutete mir, sofort alles stehen und liegen zu lassen, was ich in der Hand hatte, und mitzukommen. Ich folgte ihm ins Badezimmer, und noch bevor ich hineingegangen war, schlug uns der Geruch entgegen. Es roch, als wäre der ganze Raum voller Fischeingeweide. Ich brach zusammen und erzählte, was geschehen war. Mit dem Versuch, die Schuld den Hüttenmenschen in die Schuhe zu schieben, schindete ich nur wenig Eindruck.

Ich berichtete, wie oft ich den Boden geputzt hatte, dass ich jeden kleinsten Quadratmillimeter wieder und wieder geschrubbt hatte.

»Und findest du, dass es was gebracht hat?«, fragte H.

Ich stieß einen verzweifelten Schluchzer aus und warf mich bäuchlings auf die Fliesen, um herauszufinden, wo der letzte Trantropfen sich versteckt hielt. Erst da sah ich es. Die Fugen. Entlang der Wände des Badezimmers waren die Fugen weiß. Doch in einem Radius von einem Meter um das Epizentrum unterhalb des Waschbeckens waren sie dunkelgelbgrau. Der Tran, der verdammte Tran, war in die neue Fugenmasse eingedrungen, und von dort stieg der intensive Gestank auf und verpestete das ganze Haus, das Lebenswerk meines Schwiegervaters. Die Fugen waren natürlich mit einem magischen Mittel versiegelt worden, das so etwas auf einem nagelneuen Badezimmerboden verhindern sollte, aber wie gesagt: Die Regeln, die für alle anderen Substanzen gelten, gelten nicht für Tran.

Je mehr ich über die unglückselige Sekunde nachdachte, in der ich nach dem Handtuch gegriffen und die Tranflasche zu Boden gefegt hatte, desto wütender wurde ich auf mich selbst, aber auch auf die Firma Møller: Warum in aller Welt verwahrten sie die schlimmste Substanz der Welt, eine Substanz, die alles verdirbt, womit sie in Kontakt kommt, in einer Glasflasche? Und nicht zuletzt verspürte ich eine rasende Wut über die Gepflogenheit, überhaupt Fugenmasse im Badezimmer zu haben: Wer in aller Welt war für so eine blöde Idee überhaupt verantwortlich? Und warum spielten wir alle einfach mit, wie willenlose Schafe?

Die ganze Sache trug alle Kennzeichen einer griechischen Tragödie: Was tut König Ödipus, wenn seine größte Angst im Leben ist, mit seiner Mutter zu schlafen? Tja, er beschließt, die Gelegenheit wahrzunehmen, mit einer Frau zu schlafen, die im Alter seiner Mutter ist! Und was tun wir, wenn unsere größte Angst ist, ein nagelneues Bad zu versauen, das nicht uns gehört? Tja, wir beschließen, eine Flasche Tran ganz außen aufs Waschbecken zu stellen.

Ich begriff sofort, dass Seifenwasser und Schrubber hier nichts brachten. Hier mussten weit stärkere Geschütze aufgefahren werden. Aber welche? Nur das Internet konnte das beantworten. Ich stellte mich auf den Hügel, auf dem das Netz am allerbesten war, und rief alle Frauendiskussionsforen mit der Suchwortkombination »Tran + Fugen« auf. Und nicht ein einziger relevanter Treffer! »Öl + Fugen« war genauso nutzlos. Ich musste hinaus in die internationale Arena. Wenigstens erweitert man so seine Sprachkenntnisse. Aber half es, nach »fish oil in grouts« zu suchen? Kein Stück, wie man so schön sagt. Ich war die Erste in der Geschichte des Internet, die Tran auf Fugen verteilt hatte.

Als ich meine Suche dagegen auf »olive oil + tile floor« modifizierte, hatte ich endlich das Erfolgserlebnis, in eine große Schicksalsgemeinschaft aufgenommen zu werden. Der erste Tipp lautete, haufenweise Kartoffelmehl über die Fugen zu streuen. Es sollte das Öl effektiv aufsaugen – Problem gelöst. Das hörte sich etwas zu schön an, um wahr zu sein, und das stimmte auch haargenau, wie ich sah, als ich dastand und den tatsächlichen Effekt betrachtete: Der Tran saugte das Kartoffelmehl auf! Und *schwupps* saß ich da und musste die Suche um die Entfernung von »potato starch« zusätzlich zu »fish oil in grouts« erweitern.

Es gab auch andere Ratschläge, bei denen mir aber sofort klar war, dass sie nicht funktionieren würden. Und die Mehrheit der Fugenautoritäten im englischsprachigen Raum sagte es geradeheraus: Vergiss es. Öl kriegt man aus Fugen nicht heraus. Das Einzige, was man tun kann, ist, die Fugen mit einem Multiwerkzeug auszufräsen und hinterher alles neu zu verfugen. Sorry.

Einerseits war das endlich ein Vorwand, sich ein Multiwerkzeug zu kaufen. Andererseits war es ein wahnwitziger Gedanke.

Das wirklich Perfide an der ganzen Sache war, dass wir zu dieser Zeit fast pausenlos unangemeldet Familienbesuch bekamen, und wenn sich der Besuch dem Badezimmer näherte, musste ich mich vor ihn werfen und ihn »aufhalten«. Dabei kam ich mir jedes Mal vor wie in einer Verwechslungskomödie à la Mrs Doubtfire.

Aus reiner Verzweiflung braute ich schließlich eine lebensgefährliche Mixtur aus Salmiak, Essig, Natron und Wasser zusammen, die ich in einer chemieexperiment-orientierten Ecke des Internets aufgeschnappt hatte. Damit scheuerte ich die Fugen, Abend um Abend, Woche um Woche, in der Hoffnung, dass der starke Trandunst verblassen würde. Er tat es nicht. Dagegen wurde mein zentrales Nervensystem vom Einatmen der heftigen Mischung so geschwächt, dass mir der ganze Mist gleichgültig zu werden begann.

»Wenn wir aufhören, das Bad zu putzen, verfärben sich die restlichen Fugen vielleicht auch, sodass es niemand merkt?«, schlug ich H vor.

»Wir müssen es ihnen sagen«, widersprach H. »Sie werden es verstehen.«

»Wir können es ihnen nicht sagen! Bitte nicht!«, bettelte ich.

»Dann gibt es nur noch eine Lösung«, sagte er.

»Und die wäre?«

»Du musst das Anwesen kaufen.«

»Ruf die Bank an«, sagte ich.

An diesem Nachmittag ging ich wieder auf den Telefonhügel und tippte ein: »Wie Hof bewirtschaften?« Ich bekam massenweise Treffer.

Freundlos

Eines Tages kontaktierte mich eine freie Journalistin und fragte, ob sie mich für die Mitgliedszeitschrift des Lehrerverbands interviewen dürfe. Ich stimmte begeistert zu, denn diese Zeitschrift war als Kind meine Lieblingslektüre gewesen; sie war das, was in unserem Haushalt einer Wochenzeitschrift am nächsten kam. Mit meinem unstillbaren Durst nach den pikanten wahren Geschichten von Untreue und Alkoholismus und Inzest verschlang ich die kritischen Artikel der Lehrerzeitschrift über die Schulreform 94.

Am Tag, bevor die Journalistin zu uns nach Hause kommen sollte, meldete sie sich noch einmal und erklärte, dass sie sich im Vorfeld derartiger Interviews als Teil der Recherchearbeit immer mit drei Quellen unterhielt, die das zu interviewende Subjekt gut kannten: einem Familienmitglied, einem Kollegen und einem Freund. Mit wem sollte sie also über mich sprechen? Als Familienmitglied schlug ich meine Mutter vor, weil ich weiß, dass sie ein unersättliches Bedürfnis hat, Fremden zu erzählen, dass ich als Kind extrem unordentlich war. Bei dem Kollegen hatte ich einen Gedächtnisausfall – habe ich Kollegen?, fragte ich mich und vergaß tatsächlich, dass ich fast zehn Jahre lang bei der Zeitschrift *Dag og Tid* fest angestellt gewesen war. Schließlich gab ich meine Lektorin in meinem Verlag an.

»Schön«, sagte die Journalistin, »und dann noch einen Freund.«

»Ja«, sagte ich. »Also, mal sehen. Sprechen Sie doch zum Beispiel miiiit…« Ich versuchte fieberhaft, mich daran zu erinnern, mit wem ich in letzter Zeit Kontakt gehabt hatte, kam aber nur auf meinen Schwiegervater und Einar Økland. Seit wir umgezogen waren, hatte ich verschwindend wenig mit meinen alten Freunden zu tun gehabt. Ich überflog im Geiste die verschiedenen Kandidaten – der Großteil von ihnen würde sich am Kopf kratzen, wenn eine freie Journalistin von der Lehrerzeitschrift anrufen und sie bitten würde, etwas sehr Persönliches und Aussagekräftiges über ihre gute

Freundin zu sagen. »Agnes Rotevatn, sagten Sie?«, würden sie laut überlegen. »Nein, tut mir leid, da klingelt gar nichts.«

»Hallo?«, holte mich die Journalistin ins Hier und Jetzt zurück.

»Ja, ich bin noch da«, sagte ich, »warten Sie kurz.« Plötzlich wurde mir klar, was ich getan hatte. Als wäre ich nicht schon immer schlecht genug darin gewesen, Freundschaften überhaupt zu pflegen, war ich jetzt, als Tüpfelchen auf dem i, meilenweit von meinen Freunden weggezogen, nur um auf der ganz sicheren Seite zu sein.

»Sie können mir ja einfach eine SMS schicken, wenn Ihnen ein Name einfällt«, sagte die Journalistin.

»Nein, ich hab's gleich«, sagte ich. Wie hatte ich mir das Ganze eigentlich vorgestellt, fragte ich mich ernsthaft. Es ist ja klar, dass man in der aktuellen Kleinkindphase wenig Zeit für Freunde hat, man kommt ja kaum dazu, die Zeitung zu lesen, was eigentlich perfekt ist, weil ich mir ohnehin gerne nur die Bilder ansehe. Aber in ein paar Jahren, wenn sich langsam die Leere einschleicht? Was wäre dann? Ging ich davon aus, dass mir dann Bücher ausreichend Gesellschaft bieten würden?

Sollte das der Fall sein, müsste ich schleunigst anfangen, attraktivere Bücher zu lesen.

Natürlich habe ich einen guten Freund in meinem Lebensgefährten, aber er ist keine Freundin. Wenn ich jemanden brauche, um über ihn zu lästern – und über seine mangelnden Fähigkeiten, genau zu verstehen, was mich bedrückt, ohne dass ich etwas sagen muss –, wird es schwierig, denn wir sind von seiner Familie und seinen Freunden umgeben, die für ihn Partei ergreifen würden. Jedes Mal, wenn wir in den nächsten fünfzig bis sechzig Jahren streiten oder ich mich schlecht behandelt fühle, müsste ich in den Garten gehen und in verbissenem Schweigen ein Loch buddeln. Nur mussten ja bereits der Schaft eines Spatens und einer Sense daran glauben, weil ich sie vor lauter Wut abgebrochen habe.

Es ist eine Sache, die Literaturszene zu verlassen, die Verlagsfeste, die Kulturjournalisten und das Networking, all das, was hilfreich, aber verwirrend ist und Abhängigkeiten schafft – es sollte ein Klacks sein, all das zu opfern, um der Natur, Seen und Bergen nahe sein zu können. Aber von Freunden wegzuziehen, von den Menschen, die lebensspendend und inspirierend und herzerwärmend und berührend sind? Die deine Stimmung erkennen und deinen Humor beflügeln, die dir interessante Dinge erzählen und dir zuhören und gute Ratschläge für dich parat haben? Was ist ein Berg gegen einen Freund, wenn es hart auf hart kommt?

Genau das war ja in der Jugend so phantastisch: Man zog in eine größere Stadt, und endlich, endlich traf man Leute, die annähernd gleichgesinnt waren, die eigenen Interessen und den eigenen Humor teilten, nur dass sie noch klüger und netter waren als man selbst. Und sobald ich mich an die Existenz dieser guten Freunde gewöhnt hatte, was mache ich da? Lasse all diese tollen Menschen hinter mir, nur weil es praktischer ist, das Kind einfach aus der Haustür ins Freie lassen zu können, statt es auf dem Weg zum Spielplatz Treppen rauf und runter, durch Türen raus und rein, über Straßenbahnschienen und Ampeln schleppen zu müssen – was ja tatsächlich ein wichtiges Argument und ziemlich herrlich ist. Armer Junge. Da hatte er die Chance, in der Hauptstadt aufzuwachsen und sich das Selbstvertrauen der Reichen und Schönen zu erarbeiten, doch ach, leider wurden seine Eltern plötzlich zu romantischen Neonazis, die meinten, es wäre noch toller, wenn er im selben Haus aufwachsen würde wie sein Ururgroßvater. Und was für Freunde wird er nun seinerseits finden, hier, an diesem verlassenen Ort?

In einem netten kleinen Text für eine Norwegisch-Lektion für Drittklässler hat Einar etwas über das Aufwachsen in den hiesigen Hügeln geschrieben: »Ich hatte keine Geschwister. Als ich sieben Jahre alt war, ist mein Vater gestorben. Also hatte ich auch keinen Vater. Aber ich bekam bald einen guten Freund. Er war mindestens drei Jahre älter als ich. Wir streiften zusammen umher und entdeckten die Berge, die Hügel, die Wälder, die Strände. Wir saßen still, bis sich Tiere und Vögel zeigten. Wir lasen die gleichen Bücher und redeten über alles, was wir dachten und wussten. Aber jetzt ist auch er tot. Jetzt gibt es niemand anderen mehr, der weiß, was wir damals erlebt haben, als wir fast jeden Tag zusammen waren. Er hieß Harald, und er ist der beste Freund, den ich je hatte. Er war einfach nur klug und gut, das war das Besondere an ihm.«

Einen solchen Harald erträumen wir uns für unseren Sohn. Als wir das letzte Mal beim Kinderarzt waren, zwangen wir die Arzthelferin, uns von allen Babys zu erzählen, die im letzten Jahr im

Norden des Landkreises geboren wurden. Es sind zwar nicht sehr viele, aber es gibt sie, doch selbst wenn er unter ihnen einen Freund finden sollte, ist es natürlich naiv, zu glauben, sie würden zusammen in der Natur umherstreifen und die Ruhe des Waldes in sich aufnehmen, nachdem die jungen Leute heutzutage nur noch Zeit damit verbringen, Netzpornos zu produzieren. Aber man kann ja hoffen.

»Mal sehen«, wiederholte ich am Telefon, »versuchen Sie es doch einmal beeeei …« Sie nicht, sie würde es hassen, einen solchen Anruf zu bekommen, er nicht, er würde nur private, irgendwie negative Dinge über mich sagen, sie nicht, ich will nicht, dass sie denkt: *Ich? Ich bin ihre beste Freundin???* Genau wie Einar bin ich ein ziemlich sozialer Mensch, der trotzdem in sozialen Dingen nie die Initiative ergreift. Ich finde es sehr angenehm, einfach nur zu Hause zu sein, und kann nicht sagen, dass ich Verabredungen vorziehe.

»Ja?«, hakte die Journalistin nach. Ich hätte Lust, »Einar« zu sagen, wäre da nicht die Tatsache, dass es ihn unter Druck setzen würde. *Erst zieht sie ins Nachbarhaus ein – und dann proklamiert sie vor allen Lehrern des Landes, dass ich ihr bester Freund bin. Was kommt als Nächstes?*, würde er denken. *Hat sie keine anderen Freunde? Was stimmt nicht mit ihr? Irgendwas muss da sein.* Und dann würde er anfangen, mich zu beobachten, von einem fachlichen Standpunkt aus. Ich weiß, dass er sich in seiner Zeit als Psychologe sehr für die Rorschach-Methode (Tintenkleckstest) interessiert und sie oft verwendet hat. Und bald wird er sehr diskret versuchen, diesen Test bei mir zu machen. Kaffee oder Wein auf der Tischdecke verschütten, um mich dann wie zufällig zu fragen, was der Fleck meiner Meinung nach darstellen könnte.

Sich selbst hat er mehrmals eine »Kontaktstörung« diagnostiziert und das mit dem Tod seines Vaters in Verbindung gebracht. »Im letzten Jahr habe ich gespürt, dass ich nicht mit anderen Leuten zusammen sein wollte. Ich wollte dort sein, wo mein Vater ist. Mit den anderen zusammen zu sein, hieß, dort zu sein, wo mein Vater nicht war. Außerhalb zu sein, hieß, da zu sein, wo mein Vater war«, erzählte er. »Ich mochte die Leute nicht, mit denen ich zusammen war, und ich wollte nicht gemocht werden, ich wollte keinen Trost. Und wenn du Schriftsteller bist, bist du außerhalb. Wenn du schreibst wie die anderen, bist du drinnen. Und wenn ich gelesen habe, war ich außerhalb. Man wird entrückt, mehr oder weniger. Es gab den Wunsch und gleichzeitig die Angst, außerhalb zu sein.«

»Außerhalb« war er damals in den 60er Jahren, als der vieldiskutierte *Profil*-Kreis entstand und er in der Begegnung mit den anderen »gesund wurde«, wie er es nannte, sicher nicht mehr. Heutzutage vergehen kaum zehn Minuten, ohne dass er irgendetwas erwähnt, was Dag Solstad irgendwann gesagt oder getan hat, oder Jan Erik Vold, Paal-Helge Haugen, Liv Køltzow, Espen Haarvardsholm. Auch wenn er und seine Familie Oslo in den frühen 70er Jahren, als die marxistisch-leninistische Bewegung die Szene immer stärker im Griff hatte, verlassen haben, um nach Westnorwegen zu ziehen. »Für mich, der ich noch nie eine Scheidung erlebt und somit eine Lücke in meiner Allgemeinbildung habe, muss der politische Verlust von nahen Freunden das gewesen sein, das dem Erleben einer Scheidung am nächsten kommt.« Heute hat er jedoch guten und regelmäßigen Kontakt mit vielen von ihnen, und sie wirken wie seine besten Freunde. Dagegen erwähnt er selten, oder besser gesagt fast nie, Freunde in Valevåg, und er betont immer wieder freudig, wie asozial er doch sei.

Kein Zweifel, dass es daher unfein wäre, ihn im Lehrermagazin als Geisel zu nehmen. Außerdem, wenn ich Einar als Freund angebe, damit er etwas über mich sagt, wird es so kryptisch und unverständlich sein, dass die Journalistin nur wie ein Fragezeichen oder ein Emoji mit fragendem Gesicht zurückbleibt. Schließlich setze ich zum Sprung an und sage Hannah, denn mit ihr hatte ich noch vor wenigen Tagen SMS-Kontakt, und sie wird vorteilhafte und verständliche Dinge über mich sagen: dass ich smart und lustig und warmherzig bin.

Die geduldige Journalistin bedankt sich und legt auf.

Die Journalistin kommt wie besprochen am nächsten Tag. Wir sitzen am Küchentisch und trinken viel Kaffee, das Interview läuft ziemlich gut. Nach einer Weile beginnt sie in ihren Notizen zu blättern.

»Und dann habe ich ja mit den Leuten gesprochen, die Sie angegeben haben«, sagt sie und sieht zu mir auf. »Die Sie gut kennen.«

»Ja?«, erwidere ich, halb zögernd, halb erwartungsvoll.

»Ihre Mutter hat erzählt, dass Sie als Kind sehr unordentlich waren.«

Bingo. »Ja, stimmt, das war ich«, antworte ich kurz und mürrisch.

»Ihre Lektorin hat erzählt, dass Sie humoristische E-Mails schreiben.«

»Oh?«, sage ich, etwas überrascht. Ich sehe der Journalistin an, dass sie nicht der Meinung ist, von meinen Nächsten bis hierher besonders viele griffige Informationen erhalten zu haben.

»Und dann war da Ihre Freundin, Hannah.«

»Ja«, sage ich und bereite mein Gesicht darauf vor, einen weichen, gerührten Ausdruck anzunehmen und den Kopf leicht zur Seite zu neigen, nach dem Motto: *Oh, hat sie das wirklich gesagt? Sie ist viel zu gut zu mir, ach nein, die gute alte Hannah.*

Die Journalistin blickt wieder auf ihre Papiere hinunter.

»Sie hat gesagt, Ihnen fehle die Fähigkeit zu abstrahieren«, fährt sie fort und sieht zu mir auf.

»Oh, hat sie das wirklich –« Ich gerate ins Stocken. »Ich habe keine Ahnung, was das heißen soll«, sage ich.

»Ich auch nicht«, antwortet sie.

Wir schweigen kurz.

»Ok«, sagt sie und blättert noch einmal in ihrem Notizblock, »ich glaube, ich habe jetzt trotzdem alles, was ich brauche.«

Auf der Treppe, als wir uns verabschiedet haben und sie zu ihrem Auto gehen will, hält sie inne.

»Ach, jetzt weiß ich wieder, wo ich bin«, sagt sie und blickt nach Süden. Sie dreht sich um.

»Wir haben früher schon einmal miteinander gesprochen, Sie und ich, gerade fällt es mir wieder ein.«

»Ach ja?«

»Am Telefon, vor ein paar Jahren. Da habe ich Ihren Nachbarn interviewt.«

»Meinen Nachbarn?«

»Einar. Er hatte Sie als Freundin angegeben.«

Nachwort

Meine Bücher sind ein bisschen wie die Leute
von hier. Man kann sich nie ganz sicher sein,
ob sie die Wahrheit sagen und ob sie wirklich
alles ganz ernst meinen. Trotzdem habe ich sie immer
gut verstanden. Wenn ich meine eigenen
Bücher lese, ist es genauso.«

EINAR ØKLAND

Valestrand ist ein Ort, bei dem der Wetterdienst yr.no so tut, als hätte er eine Messstation, obwohl er eigentlich gar keine hat. In der Wettervorhersage steht immer, dass das Wetter ganz in Ordnung wird, etwas bedeckt, ein bisschen Regen, aber auch relativ viel Sonne. Und nächste Woche soll fast immer nur die Sonne scheinen. In Wirklichkeit regnet es immer. Liter um Liter kalter Regen. Und Wind, viel Wind. Aber wenn es dann ausnahmsweise wirklich einmal sonnig ist, dann überkommt einen ein so bebendes Glücksgefühl, dass es schwer zu beschreiben ist. Dieses Gefühl stellt sich nur ein, wenn man etwas Schweres und Langwieriges durchstanden hat und anschließend für diese Anstrengung belohnt wird. So wie nach einer langen, schrecklichen Skitour, wenn man eine Hütte mit Feuer im Kamin und Weinkeller betritt.

Das trockene Klima in Ostnorwegen ist jetzt nur noch eine ferne Erinnerung. Hier in Westnorwegen geht es uns schlecht, und wir wissen, dass wir es verdient haben, dass es uns schlecht geht, denn es geht uns ja auch immer mal wieder so richtig gut. In Oslo geht es einem dagegen immer gut, es ist ein Sündenpfuhl, in dem das Angebot weit größer ist als die wildesten Phantasien der Nachfrage, und alle wissen, dass sie nichts dafür getan haben. Man läuft in einem monotonen, deprimierenden Glücksrausch herum, und es ist nicht verwunderlich, dass man drogensüchtig wird.

Nein, nein! Aber draußen Holz zu hacken, wenn es unerwartet aufklart, oder nur schon die Vorstellung, einmal zusammen mit der ganzen Familie hinten auf dem Fuchshügel am Lagerfeuer mit Dreibein und Hängepfanne Essen zu kochen, reicht aus, um alles andere hier auszuhalten. Und außerdem gibt es ja nichts, was so todbringend für Schreibarbeit ist wie Sonnenschein, so gesehen sollte es doch »good for business« sein, hier zu wohnen. Oder?

An Neujahr fuhren wir über die Berge nach Oslo, verscherbelten alle Möbel übers Internet und stellten die Wohnung zum Verkauf, kündigten den Job, bewarben uns um einen Kindergartenplatz hier im Ort und bekamen ihn. Nachdem wir im ersten Halbjahr ziemlich isoliert gelebt hatten, die Treffen mit Einar und Liv Marit und unseren Familien mal ausgenommen, änderte sich das schlagartig, als das Kind im April in den Kindergarten kam. Bereits zwei Wochen später kündigte nämlich der Verwaltungschef der Gemeinde an, er wolle den Kindergarten schließen, und ich ging zu einer als Dorfversammlung im Lebensmittelladen angekündigten Veranstaltung, um die Abschaffung dieses wichtigen Angebots zu stoppen, die sich aber in Wirklichkeit als das Jahrestreffen des lokalen Ortsvereins erwies. Der erste Tagesordnungspunkt war die Wahl eines neuen Vorsitzenden, und da niemand der relativ wenigen Anwesenden sich freiwillig meldete, um mit in den Vorstand zu gehen, wählte der Leiter des Treffens die brutale Tour und konfrontierte jeden Einzelnen mit der Frage, ob es nicht höchste Zeit sei, etwas Einsatz für den Ort zu zeigen. Alle lehnten ungerührt dankend ab, bis die Letzte an der Reihe war, nämlich ich. *Schwupps* hatte der Ortsverein eine neue Stellvertretende Vorsitzende, und ich bin, ehrlich gesagt, schon ein bisschen stolz auf mich.

Sofort wurde die Vorstellung eines friedlichen Lebens auf dem Land mit grenzenlosem Zugang zu meditativer Schreibruhe von der Organisation von Unterschriftenkampagnen zur Rettung des Kindergartens abgelöst, und mein gelbes Papier und meine dünnspitzigen Füller wurden benutzt, um gefühlsgeladene Leserbriefe für diverse Zeitungen zu verfassen. Die Abende vergingen damit, mit bissiger Miene die Gemeinderatssitzungen zu verfolgen. *Eigentlich bin ich eine berühmte öffentliche Person, die zahllose Fernsehangebote ausgeschlagen hat!*, dachte ich ab und zu in stiller Verzweiflung, *aber alles, was diese skrupellosen Lokalpolitiker sehen, ist eine fanatische Frau vom Ortsverein mit zu viel Freizeit!*

Das Erste, was ich tat, nachdem wir uns dafür entschieden hatten, hierzubleiben, war also, gegen Einars erstes Gebot zu sündigen: »Was du auch tust – liefere dem lokalen Umfeld niemals Texte!« Plötzlich fand ich mich selbst hinter einem Rednerpult im Turnsaal der Schule wieder, wie ich eine flammende Rede zum Norwegischen Nationalfeiertag hielt, die sich auf sehr innige Weise die Lokaldemokratie vorknöpfte. Und selbst wenn meine Autorschaft an einem seidenen Faden zu hängen begann, überlebte der Kindergarten in diesem Jahr drei Schließungsversuche (was nicht nur mir zu verdanken ist, um es milde auszudrücken).

Mit anderen Worten ist nicht die Schreibruhe die Ursache für unsere Entscheidung, hierzubleiben. Es war auch nicht nur der Tran in den Fugen (das Fischeingeweide-Odeur ist übrigens schließlich von selbst verschwunden). Aber was gab dann den Ausschlag?

Eineinhalb Jahre später muss ich zugeben, dass ich immer noch keine Ahnung habe. Ich erinnere mich nur an eine einzige kleine Episode. An einem Nachmittag spät im Oktober jenes Halbjahrs. Ich stand in einem Straßengraben nicht weit vom Haus entfernt, in einer beinahe majestätisch milden Herbstsonne, und pflückte riesige, saftige, glänzend schwarze Brombeeren, die ich in einen Eimer plumpsen ließ. Und ich dachte: *Ich kann dies hier doch nicht verlassen.*

Brombeeren, die überall am Wegesrand wachsen und an denen niemand sonderlich interessiert zu sein scheint. Die einfach zu pflücken sind, eigentlich nicht unfassbar lecker, aber trotzdem mehr als lecker genug, und die reif werden, wenn man schon geglaubt hatte, die Beerensaison sei längst vorüber. Ich war mir schmerzlich bewusst, dass ich nicht der Typ war, der bäuchlings daliegt und an irgendeiner geheimen Stelle tief im Wald Hunderte von Litern der weit attraktiveren Blaubeeren pflückt, und diese Erkenntnis hatte mich einst glauben lassen, ich könnte einfach nicht auf dem Land leben, weil ich so ein Leben einfach nicht verdient hätte. Aber den Brombeeren war das egal! Ich pflückte, bis der Eimer randvoll war, trabte die paar Meter nach Hause und legte alle Beeren in Alkohol ein. Zu Weihnachten tranken wir Brombeerlikör aus dem eigenen Straßengraben.

Das Leben ist jetzt anders, im Guten wie im Schlechten. Ab und zu habe ich das Gefühl, dass ich mich selbst verloren habe. Zum Beispiel wenn ich mich dabei ertappe, die Lokalzeitung vor der Tageszeitung zu lesen. Oder wenn langwierige Reportagen über Kunstausstellungen im staatlichen Radio mich zum Abschalten bewegen, wohingegen das Geräusch eines Traktors oder Radladers mich dazu bringt, ans Fenster zu stürzen. Während ich früher beeindruckt war, weil ich Eva Joly im Literaturhaus begegnet war, bin ich heute beeindruckt, wenn ich den pädagogischen Leiter des Kindergartens im Lebensmittelladen treffe. Ich kann tagelang in der Werkstatt stehen und alte Planken abschleifen. Ich schaue mir Gartensendungen im Fernsehen an.

Und da trete ich wohl in Einars Fußstapfen. Obwohl er ein ausgeprägter Geistesmensch ist, mehr als sonst irgendjemand, den ich kenne, wird diese Seite an ihm von einer intensiven Freude an allem Praktischen überstrahlt. Wenn man ihm Fragen über Literatur stellt, wiederholt er gerne etwas, das er vor vielen Jahren gesagt oder geschrieben hat. Aber wenn man ihn um Hilfe bittet, eine widerborstige Motorsäge anzuwerfen, oder ihn nach dem Rezept seiner Pfifferlingsauce fragt, dann leuchten seine Augen wie zwei Sonnen.

Und das summende Kulturleben der Hauptstadt ist durch andere Arten von Leben ersetzt worden: Im kleinen Gästeklo neben dem Eingang liegen vier Katzenbabys in einer Pappschachtel. Ihre Mutter wurde gestern überfahren, ich habe sie unter dem Pflaumenbaum begraben. Auf der Weide draußen ist es innerhalb weniger Tage grün geworden. Dort stehen sechs Islandponys, und bald acht Schweine, zusätzlich zu den Wildschafen, die wir letzten Herbst aus Liv Marits Herde adoptiert haben. Und im Korb neben dem Schreibtisch liegt ein neuer Sohn im Tiefschlaf.

Der Inhalt dieses Buches besteht aus leicht umgearbeiteten Texten, die vorher als Artikelserie in der Zeitschrift *Dag og Tid* erschienen sind. Ich möchte all meinen Kollegen dort danken, besonders dem Redakteur Svein Gerdåker, der mich dieses Mikrobezirksbüro in Valevåg eröffnen ließ.

Vielen Dank an Schwiegervater und Knecht Jostein Tvedte und an Onkel und Schreiner Dagfinn Tvedte für den enthusiastischen, unbezahlbaren und immer willigen Einsatz hier im Haus. Ohne euch könnten wir nicht hier leben.

Danke an Martin und Synnøve, die unser Land

pachten und uns mit einer immer reicheren Fauna beglücken. Ohne euch könnten wir auch nicht hier leben.

Danke an Håvard, Jostein und Askil. Ohne euch würde ich hier nicht leben wollen.

Zum Schluss ein großes Dankeschön an Einar und Liv Marit. Danke für die Freundschaft und Nachbarschaft, für herrliche Abendessen und gute (und oft ziemlich schwer verständliche) Gespräche. Wir schaffen es nicht immer, ganz mitzukommen, aber es ist trotzdem ein Privileg und eine Freude, ein Paar wie euch zu kennen.

Valestrand, 22. Mai 2017
Agnes Ravatn

Die norwegische Originalausgabe erschien 2017 unter dem Titel
»VERDA ER EIN SKANDALE. EI LITA BOK OM LIVET PÅ LANDET« bei Det Norske Samlaget, Oslo.

Dieses Buch ist auch als E-Book erhältlich.

MIX
Papier aus verantwortungsvollen Quellen
FSC® C014496
FSC
www.fsc.org

Verlagsgruppe Random House FSC® N001967

1. Auflage

Umschlaggestaltung: semper smile, München
nach einem Entwurf von Egli Haraldsen
Coverillustration: Agnes Ravatn
Redaktion: Frauke Brodd / write and read
Satz: Uhl + Massopust, Aalen
Druck und Einband: GGP Media GmbH, Pößneck
Printed in Germany
ISBN 978-3-442-75806-7
www.btb-verlag.de
www.facebook.com/btbverlag